小学館文庫

後宮の影公主
～呪術師は謎を読む～

三沢ケイ

JN054506

小学館

プロローグ

「あなたには、今日から凜花《りんか》様の影になってもらう」

突然言われた言葉に、真田六花《さなだりっか》は目が点になった。

「……影？」

「そうだ。つまり、公主様の影武者だ」

目の前にいる男性——ここ祥倫国《しょうりんこく》の後宮管理人である周星雲《しゅうせいうん》は、まるでそれが決定事項と言わんばかりに言う。

「公主様の影武者？　む、無理よ」

「無理ではない。やるんだ。あなたは凜花様と双子のようにそっくりなのだから、うまく立ち回ればばれることもないだろう」

真顔で言い切った星雲は、この決定を覆すつもりはなさそうだ。六花は助けを求めて、自分の斜め前に座る女性——祥倫国の公主である凜花を見る。

だが、六花の願いもむなしく、凜花は星雲の言葉に同意するようにこくりと頷《うなず》いた。

この案は、彼女の中でも決定事項のようだ。そして、六花を見つめる凜花の顔は鏡で見慣れた自分——六花の顔そのもので。

「何かがあっても、わたくしたちが助けるから安心して。ね、星雲?」

凜花は隣にいる星雲を見る。星雲は凜花の問いかけに「もちろんです」と頷いた。

「それに、あなたには拒否する選択肢などないはずです。今外に放り出されたら、生きていく術《すべ》などないのだから」

痛いところを突かれ、六花は言葉に詰まる。

(なんでこんなことに?)

自分を落ち着かせようと深呼吸をするが、なかなかうまくいかない。こんな状況おかしすぎる。

なぜなら、六花はごく普通の平凡な女子大生なのだから。

一
◆
祥倫国の落ち人

遡ること一日前。事の始まりは、突然だった。

——ドーン！

爆音と共に強い衝撃を感じて、ぎゅっと目を閉じる。

辺りがシーンと静まり返ってから恐る恐る目を開けた六花が最初に目にしたのは、青々と茂る笹《ささ》の葉だった。

「へ？　なんなの、ここ」

六花の口から、間抜けな声が漏れる。

びっくりして周囲を見回すが、周りに見えるのは腰ほどの背丈の笹と名前も知らない木々だ。そして、頭上に広がった木の枝の隙間からは青い空が見えた。小学生の頃に学校の遠足で行った、地元の山のハイキングコースを彷彿《ほうふつ》とさせる。

「え、どういうこと？」

六花は混乱した。

ついさっきまで、大学の研究室にいたはずなのに。

——六花は都内の大学に通う、学部二年生だ。

理工学部に所属しており、今日は実習のために実験棟にいた。班ごとに分かれて実験をしていた最中に事故は起こった。

「おい、藤村《ふじむら》。その試薬、直火《じかび》厳禁じゃね？　何やってるんだよ、お前！」

聞こえてきたのは、同じ班にいた男子学生が別の男子学生にしていた注意の言葉だった。次の瞬間、ドーンとものすごい音がして爆風が起こり、体ごと吹き飛ばされた。

（まずい、死ぬ！）

そんな覚悟をするほどの大爆発。とっさにぎゅっと目を瞑《つぶ》った六花は体がふわりと浮くのを感じた。そのまま体を地面に強く打ちつけられた六花は命を落とす……ではなく、なぜか今この状況である——。

「爆風で吹き飛ばされたってわけじゃなさそうよね」

どんなに飛ばされたとしても、せいぜい数十メートルのはず。大学の校舎がどこかしらに見えるはずなのに、周りを見回しても全くそれらしきものがない。そもそも、こんな森は大学周辺に存在しないはずだ。

それに、周囲に六花以外の人がいないのもおかしい。

今日の実験は『実験実習Ⅰ』という授業の一環で行われたものだった。全十二回の実習のうち十回以上の実験レポートを提出した上で合格しないと履修単位がもらえない。そして、実験実習Ⅰは三年生に上がるための必須単位のひとつになっているので、同じ学科の全員が履修しており周囲には多くの同級生がいた。もし爆風で吹き飛ばされたならば、ほかにも誰か飛ばされてきてもよさそうなものだ。

「まさか、私が意識を失っている間に誰かがここに運んできた？」

意識を失ったつもりはないのだが、あり得るとすればそれくらいしか考えられない。もしかすると、地面に落ちた際に頭を打ったせいで、短期的な記憶が欠落しているのかもしれない。

凶悪事件などで時々聞く、意識を失った、もしくは死んだ人を車で運んで山に捨てるというシチュエーションが頭に浮かぶ。

(嘘《うそ》でしょ？　まさかそんなことってある？)

信じがたい出来事だが、それ以外にこんな状況になっている理由が思いつかない。

(でも、誰がなんの目的で？)

六花は自分が万人に好かれていると思うほどうぬぼれてはいないが、少なくとも意識がなくなっている間に山に捨てられるほどの恨みはかっていないはずだ。

「誰かー！」

六花は大きな声で叫ぶ。

しかし、返事が戻って来ることはなかった。

「勘弁してよ……」

（ここは冷静にならないと）

はっきり言って内心は混乱しきっていたけれど、パニックになっても事態は解決しない。

六花は「落ち着け、落ち着くのよ、私！」と必死に自分に言い聞かせると、自分が今すべきことを頭の中で整理した。

「まずは、ここがどこなのかを把握しないと。それに、大学に連絡もしないとだし――」

周囲に誰もいないのだから、自力で帰るしかない。ここに連れて来られた不可解な事象に関しては、戻ってから周りの人に当時の状況を聞くことにしようと心に決める。

「たしか、スマホはポケットに――」

お金は持っていないけど、スマートフォンならポケットに入っている。電子決済アプリも入っているし、これさえあればなんとかなるはず。

そう思って、六花はポケットからスマホを取り出す。しかし、画面を見てがっかりした。まさかの圏外だったのだ。

「何これ！　困るんだけど！」

　これでは、誰にも連絡できないし、今どこにいるのかもわからない。

（時計も壊れたの？）

　スマホの画面に表示された時計を見ると、六花が実験をしていた時刻からほんの十分程度しか経《た》っていなかった。実験開始時に時刻を記録したので、間違いない。

（どうしよう。訳がわからない）

　六花はもう一度周囲を見回す。見える範囲は草木ばかりで、人工物らしきものは一切ない。

「麓に下りれば人が――」

　とにかく誰かを見つけて助けを求めなければ。歩き出した六花はふと、以前友人と交わした会話を思い出す。

「そういえば……、山で遭難したときは頂上を目指すのが鉄則なんだっけ？」

　昔、山登りが好きな友人からそんなことを聞いた記憶がある。どうして麓を目指さないのかと驚いたが、麓を目指してしまうとどこに到着するかが読めないが、頂上であれば一カ所しかないので発見される確率や正しい道を見つけられる可能性が上がるのだと聞いて納得した。

「登ってみるかな」

六花は傾斜の上側を見る。それほど急でもないので、今履いている一般的なスニーカーでもなんとかなるだろう。

しかし、しばらくすると自分の考えがいかに甘かったかを痛感し、激しい後悔に襲われた。

「なんなの、この山。全然頂上に着かないんですけど……」

登山道具はもちろん、水も持っていないし、道もわからない。そして、二時間歩き続けても人っ子一人いない。

疲れから足がもつれ、落ち葉でずるっと靴が滑った。

「きゃっ」

ぐわんと視界が揺れた次の瞬間、六花の体は急傾斜を滑り落ちた。とっさに頭を守る防御の姿勢をとった六花はそのままごろごろと転がり落ち、大きな木の幹にぶつかって止まった。

「いたた……」

六花は両手を地面について、上半身を起こす。上を向くと、先ほどまで居た場所が遥《はる》か頭上に見えた。登るのはあんなに大変だったのに、下りるのは一瞬だ。

「ありえない」

また登り直しだなんて、なんの罰ゲームだろう。けれど、登らないと頂上には行けない。

「行くしかないわね」

よしっ、と気合を入れて立ち上がろうとしたそのとき、ズキンと右足首に激痛が走った。六花は思わず、その場にへたり込む。

「捻挫した？　折れてはいないよね？」

誰も答えてはくれないが、自分に言い聞かせるように六花は呟《つぶや》く。右手でおずおずと痛む場所に触れると、またズキッと痛みが走った。

（どうしよう。歩けない）

へたり込んだまましばらく待ってみたが、誰も通りかかる気配はない。スマホも依然として圏外のままだ。

（まずい、このまま遭難死？）

テレビやネットで【女子大生、実験中に忽然《こつぜん》と消えて行方不明に。〇日後に遺体は山中から発見される。一体何が!?】と、いかにも視聴者が興味をそそられそうなテロップと共にニュースが報じられる未来が頭をよぎる。

「誰か……」

心細さから、声が漏れる。

「誰かー！　助けて！」

誰でもいいから、この声に気付いてほしい。必死に叫び続け、もう喉がからからだ。

どれくらい時間が経ったのだろう。ふいに、遠くから大きな声が聞こえた。

「凜花様！」

その声に、六花はハッとする。

(誰かいる？)

目を凝らすと、枝葉をかき分けて人が近づいてくるのがぼんやりと見えた。

「凜花様！」

焦ったような声が聞こえる。

(りんか……って、誰だろう？)

けれど、わかったことがひとつ。

(よかった。助かった)

まさか、倒れた女性を放置して立ち去ったりはしないだろう。

安心したせいか、緊張の糸がぷつんと切れる。六花の意識はそのまま、闇に呑《の》まれたのだった。


——夢を見ていた。懐かしい夢だ。

六花の小さな手を引くのは、父と母だ。芝桜が有名な公園に遊びに行った帰り、車まで戻るところだった。

『疲れたから抱っこ』

六花が駄々をこねると、父は困ったように笑う。

『仕方ないな。おいで』

両腕を広げる父の胸に、思いっきり飛び込んだ。絶対に受け止めてくれるという安心感と共に、その体を委ねる。

力強い腕に抱き上げられ、ゆらゆらとゆりかごに揺られるような心地よい振動が伝わってくる。自然と瞼《まぶた》が重くなり、やがて六花は父の腕の中でうとうとしだした。

柔らかな場所にゆっくりと下ろされると、頬を優しく撫《な》でられ、額に手を当てられた。その手の温《ぬく》もりに、六花は薄《うっす》らと目を開けて「お父さん？」と呼ぶ。

すると、その手は六花の目の上に被《かぶ》せられた。まるで、もうしばらく寝ておけと言うように。

（あぁそっか。夢だわ）

だって、六花の両親はずっと前に亡くなっているのだから。

でも、こんな夢は嫌いじゃない。

だって、この手はまるであのときの両親の手のように優しくて、安心できるから
――。

目を覚ましたら、知らない場所にいた。

それも、自宅でも病院でもなく、中華風のインテリアで統一された豪華な部屋だったのだから驚きもひとしおだ。

（ここどこ？　助けてくれた人の自宅……にしては広すぎだし）

六花は寝台から床に足を下ろす。痛みを感じた右足首には包帯が巻かれていた。寝ている間に誰かが手当てしてくれたのだろう。

（とにかく、人を探さないと）

六花は意を決して足に力を入れる。ずきっと痛みが走ったが、歩けないほどではない。

部屋についている引き戸を引くと別の部屋につながっており、そこには三十歳位に見える女性がいた。

「公主様！　気付かれたのですね。よかったです」

六花の顔を見て喜ぶ女性を見て、六花は呆気《あっけ》にとられた。なぜなら、その人は細部まで凝った作りのコスプレをしていたのだ。

確か、襦裙《じゅくん》という衣装ではなかっただろうか。中華ドラマで女性が着ているような、上は浴衣のような合わせ襟、下はロングスカートのようなものを着ている。

それに、今さっき六花のことを『公主様』と呼んでいた。

（公主様って王女様ってことだよね？　山で遭難した次はコスプレイベント？）

本当に、今日はどうなっているのだろう。訳のわからないことばかりが続いて狐《きつね》に抓《つま》まれた気分だ。

けれど、ようやく人に出会えたことで六花の不安は一気に拭われる。これで、無事に家まで帰ることもできるだろう。

「あの……」

六花はおずおずと女性に声を掛ける。

「助けていただきありがとうございます。ここはどこですか？」

女性は明らかに驚いたように目を見開く。

「どこって……、公主様の殿舎――六の殿です」

「六の殿？」

六花は口の中でその名を復唱する。全く知らない場所だ。コスプレイベントの会場設定なのだろうか。

「そうじゃなくて、何県何市で最寄りの駅はどこかを知りたいんです」

女性は六花の問いに、困ったように首を傾《かし》げる。その様子に、この女性から住所を聞き出すことは無理そうだと悟った。

（そうだ！　スマホ！）

六花は慌ててポケットに手を入れて、中に入れていたスマホを取り出す。そしてその画面を確認し、がっかりした。

山から下りたのにもかかわらず、スマホの電波は相変わらず圏外のままだった。それに、地図アプリも反応しない。これでは、なんの役にも立たない。

「公主様？　一体どうなされたのですか？」

スマホを手に黙り込む六花を、女性が心配そうに覗《のぞ》き込む。

「あの……私は〝公主様〟ではありません。家に帰りたいので、道を教えてもらえますか？」

こうなった以上、なんとかしてこの女性から道を聞き出すしかない。六花が問いかけると、女性はますます困ったように眉尻を下げた。

「公主様は外で怖い目にあって混乱なさっているのですね」

「そうじゃなくって！」

「わかっております。まずは、ゆっくりお休みください」

女性は頭を下げ、すっくと立ちあがると部屋から出てゆく。

ひとりぼっちになった六花は、途方に暮れた。

（どうしよう。本当に訳がわからないんだけど）

あの山で誰にも出会えず衰弱死するよりはましだとわかっているものの、全く状況が理解できず泣きたい気分だ。どうやら、自分が別人と間違えられているようだということだけは理解できた。

けれど、相変わらずここがどこなのかわからないし、帰り方もわからないままだ。

途方に暮れた六花は部屋の中を見回し、ハッとした。

「そうだ！　もしかしたら、部屋の中に施設概要があるかも」

六花が今いる部屋は、とても豪華だ。とんでもなく広いし、そこかしこに置かれた中華風の木製家具は繊細な彫刻が施され、見るからに高そうだ。

こんなに広くて豪華な部屋が個人の邸宅とは思えないから、なんらかの貸しスペースに違いない。さっきの人たちの格好から判断するに、コスプレイベント用貸しスペースだろう。もし貸しスペースであるならば、施設概要がどこかにあるはずだ。

そう考えた六花は、早速部屋の中の捜索を始めた。簞笥《たんす》や棚を順番に開けていくと、筆や化粧品、衣類などの様々な品が入っている。どれも、見るからに高そうな品だ。だが、肝心の施設概要は見つからない。

「もー！　どうなっているの！」

六花は部屋においてあった椅子に倒れ込むように座ると、天井を仰ぐ。木目調の天井には、精緻な花の絵が描かれていた。

こんな状況でなければ、素敵な施設で過ごせる時間を大いに満喫しただろう。けれど、今は理解できないことばかりで、楽しむ余裕など全くない。

どうすればいいのかわからず部屋で悶々《もんもん》としていると、不意に廊下の向こうから足音がした。

「凜花様。失礼いたします。星雲です」

（星雲……って誰？）

恐らく〃凜花様〃の知り合いなのだろうが、当然のことながら〃凜花〃も〃星雲〃も六花の知らない人だ。ただ、その低く心地の良い声には聞き覚えがあった。

確か、六花が山で意識を失う直前に聞いた声と同じだ。

「どうぞ」

六花の声に合わせ、ガラッと引き戸が開かれる。引き戸の向こう側にいる人物を見た瞬間、六花は息を呑んだ。

（わあ。イケメン！）

あのときは生きるか死ぬかの瀬戸際で意識が回らなかったが、そこに立っていたのは人形のように美しい男だった。長い髪の毛の上半分をお団子にように結い上げて、長衣を着ている。年の頃は自分とさほど変わらないか少し上くらい――二十代半ばに見えた。

「凜花様。女官から混乱しておられるようだと聞きしましたが、お加減はいかがですか？　付き人を付けずに外を歩き回るのはおやめくださいと、あれほど言っているでしょう」

その男——名前は星雲というようだ——は六花の前に座ると、咎《とが》めるような口調で苦言を呈した。この人もまた、六花を別人と間違えているようだ。そういえば、山で六花を助ける際も〝凜花様〟と叫んでいた気がする。

「あの……助けていただきありがとうございます。ただ、私は凜花ではありません。人違いです」

おずおずとそう告げると、星雲は眉根を寄せる。

「……人違い？」

「はい。大学にいたはずなのに、爆発音がして気付いたらここにいて」

「大学？」

星雲はじっと六花の話に耳を傾ける。

「帰り方がわからないんです。スマホも通じないし、地図アプリも動かないし。私を最寄りの駅まで送っていただけないですか？」

とにかく、どうにかして駅にさえ行ければ自力で帰ることができるはず。そう思った六花は、夢中で喋《しゃべ》る。

「待ってください。状況を整理しましょう」

星雲は片手を上げて、六花の発言を遮る。

「まず、凜花様でないならば、あなたはどこの誰ですか？」

「えっと……私は真田六花といいます」

「あなたはなぜここにいるのですか？」

「それは……大学で実験をしていたはずなのに、気付いたら山の中にいて。あなたが私を助けてここまで運んでくれたのではないのですか？」

星雲は落ち着いた様子で、ふむと頷く。

「では、あなたはどこから来たのですか？」

「日本ですけど……」

東京都、などの都市名を聞いているのかとも思ったが、六花は敢《あ》えてそう答えた。信じられないし信じたくないけれど、ここは自分の知る日本ではない気が薄々してきていたから。

（信じてもらえるわけないよね――）

六花は俯《うつむ》いて手をぎゅっと握る。

「思った通りだ。落ち人か」

星雲が小さく呟くのが聞こえた。

「え？　落ち……？」

聞きなれない単語に、六花は聞き返す。しかし、星雲はそれに答えることなく「名は、真田六花だったな？」と聞いてきた。

六花は星雲の顔をまじまじと見つめる。もしかして、信じてくれているのだろうか。

「私の話、信じてくれるの？」

「嘘なのか？」

星雲は器用に片眉を上げる。六花は「ううん。本当よ」と首を横に振った。

「六花、私は周星雲という。この後宮で管理人をしている」

「後……宮？」

六花の知る限り、後宮とは皇帝のための女の園だ。数千もの女性たちがたった一人の男の寵《ちょう》を求めて競い合ったとか合わなかったとか。

「ああ、後宮だ」

星雲はそう言うと、こくりと頷いた。

未《いま》だに覚めない、悪い夢を見ているようだ。

しばらくしたのちに星雲に「会わせたい人がいる」と言われて引き合わされた人物を見たとき、六花はひゅっと息を呑んだ。

（私？）

そこにいたのは、まるで生き写しのように六花とそっくりな女性だったのだ。違いといえば、ラフな格好をしてセミロングの六花に対して、目の前の女性は華やかな襦裙を纏《まと》い、腰まであるスーパーロングを美しく結っていることくらいだろう。

（この人が〝凜花様〟ね？）

まだ名前を聞いていないが、見た瞬間にそう確信した。皆が間違えるのも納得の、六花とよく似た容姿をしている。もしかして、自分には生き別れた双子の姉妹がいたのだろうかと本気で思ってしまうほどだった。

「あらまあ。起きている姿もやっぱりわたくしにそっくりだわ」

女性は口元に右手を当て、まじまじと六花を見つめる。そして、ふわりと微笑《ほほえ》んだ。

「はじめまして。わたくしは桜《おう》凜花よ。ようこそ、祥倫国へ」

「祥倫国？」

「この国の名前よ」

初めて聞く国名だった。

「聞いたことがないって言いたげな顔をしているわね。この世界には、時折違う時間線を進む別世界からの訪問者――わたくしたちは彼らを『落ち人』と呼ぶわ――が来るの。星雲が話を聞いた限り、あなたは落ち人と考えて間違いないわね」

「落ち人？」

その単語には聞き覚えがあった。星雲が呟いたのを聞いたのだ。

「そう。理由はわからないのだけど、落ち人にはこの世界にそっくりな見た目の人がいるの。大抵、そのそっくりな人の近くに現れるわ」

「それって……」

六花にとってのその相手は聞くまでもなく、この凜花という女性だろう。

（別の世界ですって？　嘘でしょう？）

薄々そんな気はしていたけれど、改めて人からその事実を告げられると思った以上のダメージを受けた。

根っからの理系女子である六花は、これまで超常現象を信じてこなかった。けれど、実際にこうして理屈では説明できない事態に見舞われては、信じざるを得ない。

ただ、「こちらの世界へようこそ」と言われて「はい、今日からよろしくお願いします」と言えるほど、六花は切り替えが早くない。

唯一の救いは、両親は既に亡くなっており六花がいなくなったことを嘆き悲しむ家族はいないことだ。だが、仲の良い友人たちはいた。

「……私、元に戻れるんだよね？」

こぼれ落ちた言葉が掠《かす》れていることが、自分でもわかった。問いかけられた凜花は、首を左右に振る。

「元に戻る方法は、誰にもわからないわ。どうやってこの世界に来ているのかもわからないのだもの。方法はあるかもしれないけれど、誰も知らない」

「凜花様」

星雲が咎めるように、凜花の名を呼ぶ。凜花は星雲を一瞥《いちべつ》し、目を眇《すが》めた。

「どうせ、遅かれ早かれ知ることになるのよ。なら、早めに教えてあげるのが情けというものではなくて？」

「それは……」

言葉に詰まる星雲を見て、六花は凜花の言葉が冗談ではなく真実なのだと悟った。

（帰れない？）

絶望で目の前が暗くなる。

（嘘だ）

誰か嘘だと言ってほしい。そんな期待を込めて、六花は部屋にいるふたりの顔を見る。しかし、ふたりのどこか哀れみを帯びた視線を感じてさっと目を逸《そ》らす。

（そんな……）

言葉で言われなくとも、その態度を見れば彼らの言いたいことはわかった。

六花は帰れない。帰れないのだ。

「嘘だ……。嘘だ！　あんたたち、グルになって私を騙《だま》しているのね？　帰してよ。家に帰して！　大学に帰して！」

「落ち着くんだ」

六花を宥《なだ》めようと、星雲が立ち上がる。

「触らないで！」

体を押さえようとする星雲の手を力の限り振り払った。

「大丈夫だから」

力強く、ぎゅっと抱き締められる。あやすように背中をぽんぽんと叩《たた》かれた。

「大丈夫じゃないわよ！　帰してよぉぉぉー！」

両目からぼろぼろとこぼれる涙を止められない。宥める声に対して、どうか元の場所に帰してほしいと言う懇願しか返せない。どうか、悪い夢なら今すぐ覚めてほしい。けれど、一日経っても二日経っても、その夢が覚めることはなかった。

◇◇◇

六花が泣き叫んだそのあと、星雲は六の殿の一室で凜花に深々と頭を下げていた。

「凜花様には、もう少し彼女が落ち着いてから会わせるべきでした。申し訳ございません」

星雲は凜花に謝罪する。

先ほどまで泣きわめいていた女——六花はようやく泣き止《や》むと、今度は魂が抜けたかのように虚《うつ》ろになった。話しかけても返事をせず、塞ぎ込んでいる。その姿は、放っておくと消えてしまうのではないかと思うような儚《はかな》げなものだった。

「あら、いいのよ。わたくしが会いたいって星雲に強請《ねだ》ったのだもの」

凜花は気にするなと言いたげにひらひらと右手を振る。

「それに、わたくしも無神経だったわ。早めに事実を伝えるべきだと思ったのだけれど、彼女からしたら、気付いたら知らない場所にいて、もう帰れないと突然言われたわけだもの。ショックよね」

凜花は、はあっとため息をついた。

一般にはほぼ知られていないが、〝落ち人〟と呼ばれる異世界からの転移者はこれまでもごく稀《まれ》に確認されている。そして、彼らにはいくつかの共通点があった。

一点目に、何の前触れもなく彼らは気付いたらこの世界にいたということ。

二点目に、この世界の言葉を流ちょうに操れること。

最後に、この世界に瓜二つ《うりふた》の人間がいるということだ。

星雲が凜花に強請られて秀峰山《しゅうほうさん》という山桜の名所に行ったのは今日の昼間のことだ。凜花は公主でありながら少々お転婆なところがある。今日も従者たちが少し目を離した隙にひとりでふらふらと山の奥に行ってしまい、一時的に姿が見えなくなった。

知らせを聞いた星雲はすぐに凜花を捜しに山に入り、そのさなかで助けを呼ぶ声を聞いた。そして、座り込んでいる六花を発見したのだ。

なぜか髪型や格好が変わっていたが、容姿は凜花に違いない。何が起きたのかと思ったが、とにかく彼女を抱き上げて馬車へと乗せ、後宮へと連れ帰るように指示した。

ところがだ。その直後に大事件が起きた。馬で戻ろうとした星雲の前に、先ほど馬車に乗せて先に出発したはずの凜花が現れたのだ。

『ちょっと星雲！　先に馬車を帰すなんて、酷《ひど》いじゃないの！』

『凜花様!?』

頬を膨らませておかんむりの様子の凜花を見て、星雲は混乱した。

(では、先ほどの女は誰だ？)

目の前の女が偽者なのではないかと疑ったが、凜花を名乗る女は到底彼女しか知り得ないような情報をすらすらと答え、本物としか思えなかった。となると、星雲が先ほど馬車に乗せた女が偽者ということになる。

『もしや、凜花様に成りすまして後宮に侵入を試みようとしている賊か？』

今日凜花が山桜を見に行く予定であることは、ある程度の関係者には事前周知してあった。だから、誰かが情報を漏らし、その機会を狙って犯行に及ぼうとした可能性はある。

『でも、わざわざ皆に顔が知られている上に目立つわたくしに成り代わったりする？もっと気付かれにくい女官がたくさんいるのに。それに、今日わたくしが皆と離れたのは気まぐれよ？』

胸に手を当てて堂々と答える凜花の言葉に、星雲は苦笑する。気まぐれでふらふらする公主に振り回される従者たちの身にもなってほしいものだ。

（しかし――）

星雲は顎に手を当てて考える。

凜花の言うことは尤《もっと》もだった。後宮に忍び込みたいのであれば、多くの人に顔が知れ渡っている公主よりも新人の女官を装ったほうがばれる可能性が低いし、実行も容易だ。

（となると、別の理由だろうか？）

そこまで考えたところで、ハッとした。

『落ち人か』

『わたくしも同じことを思っていたわ』

凜花は星雲の言葉にうなずく。

落ち人であれば様々な謎が解ける。しかし、落ち人は非常に珍しい存在なので、彼女が落ち人である確信がまだ持てなかった。

『では私が、凜花様ではないことに気付いていないふりをして彼女に接触してきます。その反応次第で、彼女が落ち人かどうかが判断できるでしょう』

作戦を決行するため、ふたりはまず星雲の執務室に向かった。六の殿の女官が訪ねてきたのは、ちょうどそのタイミングだ。なんでも、例の女が目を覚まし、混乱しているというのだ。

そこで、星雲は凜花と話し合った通り、ひとりで彼女に会いに行った上で万が一に備えて人払いをした。

改めて起きている彼女を見たとき、星雲はとても驚いた。髪型や服装に違いはあれど、その容姿は凜花の生き写しかのようにそっくりだったのだから。

この世界では見かけない衣装を着て、ここはどこなのかと混乱している彼女を見て、これは間違いなく落ち人だと確信したのだが――。

(彼女をどうするかな……)

星雲は悩んだ。

ただの落ち人であればこの世界で生活するための支援をして、市中に住まわせれば
そのうち慣れて独り立ちする。しかし、六花の場合は似ている相手がまずかった。

誰もが間違えるほど公主に似ている彼女は、ともすれば政治的に悪用される可能性
がある。本来ならば、ここで始末してしまうのが最良なのだろう。

（だが――）

頭ではわかっているものの、どうしても他人事《ひとごと》と思えず決断ができない。先ほども
泣き叫ぶ彼女に思わず『大丈夫だ』と言ってしまった。

「周家の領地に送り、屋敷の使用人にするとか……」

凜花の提案に、星雲は首を横に振る。

「いいえ。周家の屋敷に凜花様そっくりの使用人がいればそれこそ混乱を招きます。

周家がわざわざ凜花様に似た女を探し出してきて何かを企《たくら》んでいるというあらぬ憶測
を呼ぶ可能性があります」

「そうよね。困ったわ」

凜花は腕を組む。星雲はぎゅっと拳を膝の上で握り、凜花を見る。

「彼女には、凜花様の影になってもらうのはいかがでしょうか？」

「わたくしの影？」

「はい。彼女より瓜二つの影武者はおりません」

凜花は考えるように口元に手を当てる。

祥倫国では皇帝はもちろんのこと、皇族の多くに影武者がいる。派閥争いの際などに命を狙われることがあるからだ。

それらの影武者は市中で背格好や顔のよく似た者を見つけて来るのだが、あいにく凜花の影として活動していた女は背格好こそ似ているが顔は似ているとは言い難《がた》かった。

「それもそうね。それに、わたくしと似ている彼女なら他の妃《きさき》に話しかけても不審に思われないから、星雲も助かるんじゃない？」

星雲の職務は後宮の管理人、即《すなわ》ち後宮内の様々な事項を管理する長《ちょう》だ。そして、後宮の管理人には後宮管理以外に重要な役目がある。それは、皇帝の手足として、後宮内での問題解決や諜報《ちょうほう》活動に当たることだ。

「そうですね。では、その方向で進めましょう」

星雲は口元に薄らと笑みを浮かべた。

二・火鼠

　この世界に来て、そろそろ一ヵ月が経つ。

　一ヵ月前、六花は凜花付きの女官になった。

『みんな、紹介するわね。桜《おう》六花さんよ』

　凜花は他の女官たちに、六花をそう紹介した。本当の名字である真田ではなく桜にしたのは、わざとだ。

『六花はね、実はわたくしの従姉妹《いとこ》なの。叔父上が市中に儲《もう》けた子供が最近見つかって――。ほら、その証拠に、わたくしによく似ているでしょう？　だから、わたくしの専属女官兼、必要に応じて影になってもらうつもりよ』

　堂々とそう紹介されれば、周囲もそうなのだろうとしか思わない。かくして、六花は六の殿に温かく迎え入れられた。

　ここに住みはじめてから星雲に最初に命じられたことは、この後宮に住まう人々の名前や顔、立ち位置を覚えることだった。女官や公主の影をするにあたり、それらの知識は必要最低限のものだからだ。そのため、六花は六の殿の一室に籠り、この世界に慣れるために必死に勉強に励んだ。

とはいえ、六花とてこの生活を最初からすんなり受け入れられたわけではない。突然の異世界転移に驚き、最初の一週間はさめざめと泣いていた。

しかし、元来前向きな性格をしていることもあり、二週目に入った頃には泣くのをやめた。泣いている時間があるなら、この世界に慣れる努力をしながら元の世界に帰る方法を探したほうがよっぽど生産性が高いからだ。

それに、彼らの助けなしに六花に生きていく術はない。従うほかないのだ。

ただ、凜花や星雲が自分を害するつもりがないことは彼らの態度からわかった。ふたりは右も左もわからない六花に衣食住を提供し、この世界のことについて丁寧に教えてくれた。彼らがいてくれたからこそ、六花はこの世界に早く慣れることができたと思っている。

この日も六の殿の一室で勉強をしていた六花は、ふと手元の資料から視線を外し、ふうっと息を吐く。朝から集中して読み込んでいたらいつの間にか時間が経っていたようで、庭園に生えた梅の木の影はだいぶ短くなっている。

六花は両腕を上げ、大きく伸びをする。

ずっと同じ姿勢をしていたせいか、関節がぽきっと鳴った。

(運動不足だわ。昼前に、ちょっと出歩いてこようかな)

大学に通っていた頃は、片道三十分の徒歩通学に加えて学内を歩き回るのでかなりの運動量だった。今は基本的にいつも六の殿にいるので、どうしても運動量が減ってしまう。

「凜花様。書物室に行ってこようと思うのですが、よろしいでしょうか？」

立ち上がった六花はひょいっと凜花の居室を覗き、声を掛ける。凜花は女官用の衣装を着て、花を生けていた。

「ええ、もちろんよ。わたくしはここにいるから、行ってくるといいわ。ひとりで平気？」

「はい。大丈夫です」

六花は頷く。書物室には既に何回か行ったことがあり、道順はしっかり覚えている。

唯一心配なのは、今日の六花は凜花のふりをしていることだった。

六花と凜花は元の顔は同じなのだが、化粧を変えることでかなり雰囲気や印象を変えることが可能だ。三週間経った頃から六花は、あるときは凜花付きの女官として、またあるときは凜花の影として生活を始めた。そして、今日の六花は凜花の格好をしている。

だが、書物室と六の殿を往復するだけなら後宮内の人々と喋る必要もないだろう。

「じゃあ、気を付けて」

「はい」

六花は凜花に一言告げてから、殿舎を出た。

ここ、祥倫国の皇帝が住んでいるのは成安城《せいあんじょう》と呼ばれる巨大な城郭だ。十数キロにわたって建てられた城壁に囲まれており、その中に皇帝の住む場所はもちろん、政治を行うための様々な役所や施設が集まっている。

そして、六花が住んでいる六の殿は皇帝の妃や子供たちが住む、後宮と呼ばれる場所にあった。この後宮だけでも多くの殿舎があり、端から端まで歩くのに十分以上はかかる。

開放廊下を歩いていると爽やかな風が吹く。どこからか、りーん、りーんと涼しげな音が聞こえた。

「この音は？」

六花は顔を上げる。開放廊下の軒先にぶら下がっているものを見て、目を細めた。

丸く透明な中空のガラスの下部分を切り取ったような形をしたそれは、日本の夏によく見かける風鈴によく似ていた。

「風流だなあ」

音がするだけなのだけど、ぐっと涼しく感じるのはなぜだろう。肌を撫でる風が、気持ちいい。

しばらく廊下を歩いていると、前方から華やかに着飾った女性とそのお付きの女官たちが歩いてくるのが見えた。

(たしかあの方は、二の殿の燕妃《えんひ》だったかしら?)

祥倫国の後宮には、皇帝の住まう祥内殿《しょうないでん》のほかに、一の殿から十の殿まで全部で十の殿舎がある。

燕妃はその中の、二の殿に住んでいる。祥倫国の西部を治める燕家の姫君で、年齢は二十代半ば。すっきりと通った鼻筋と涼やかな目元、ふくよかな顎をした美人で、現皇帝に最初に嫁いだ妃でもある。

ちなみに、星雲から後宮の人物の顔と名前を覚えろと言われたときは千人近い妃がいたらどうしようかと恐れおののいたが、蓋を開けてみれば現皇帝の妃は全部で五人しかいなかった。その五人の妃が一の殿から五の殿にそれぞれ住んでいる。

なお、星雲によると五人の妃たちの身分は平等だという。いずれ、この中から皇后が選ばれるのだろう。

(どこかに行かれたのかしら?)

妃が後宮内で出かける場所など、限られている。書物室か庭園か、茶会に招かれて他の妃の殿舎に行くかのどれかだ。

燕妃は向かいから歩いてくる六花に気付いたようだ。

「まあ。ごきげんよう、公主様」

「ごきげんよう、燕妃様」

六花は答えつつも、持っていた団扇《うちわ》ですっと顔を隠し、俯いた。まだ、完全に凜花になり切れる自信がないからだ。視界に、ひらひらとした上質のスカートが揺れているのが映った。

（綺麗《きれい》な襦裙）

皇帝の妻だけあり、後宮の妃たちの格好はとても優美だ。いつも美しく化粧を施し、上質で華やかな衣装に身を包んでいる。浴衣のような形をした上着に、くるぶしまで隠れるロングスカート。その上にショールを纏い、長い髪の毛は美しく結い上げられ、たくさんの髪飾りが着いている。

まさに、中華ドラマに出てくるお妃様そのものだ。そして、公主である凜花の衣装もまた豪華なものだった。

（こんな素敵な衣装、本当だったら嬉《うれ》しくてたまらないんだけどな）

六花はまだ二十歳のうら若き乙女だ。ジーパンとTシャツというラフな姿で大学に通学していたが、決してひらひらした服や可愛《かわい》らしいアクセサリーが嫌いなわけではない。むしろ、普段着ることができないだけに興味津々だった。

だから、こんな繊細な衣装と凝った髪型に着飾らされたら、普段だったらテンション爆上がりすること間違いない。そう、普段だったら。

異世界転移というあり得ない事態に見舞われていなければさぞかし満喫して写真を撮りまくっていただろうに、残念でならない。とはいえ、異世界転移しなければこの衣装を着ることはなかったのだが。

「公主様。先日、とてもよい茶葉が手に入りましたの。公主様にも召し上がっていただきたいので、是非今度ご招待させてください」

「お気遣いありがとうございます」

六花はにこりと微笑んで、行くとも行かないとも言わない返事をする。本当の公主である凜花の許可を得ないままに安易に行くと返事するべきではないと判断したからだ。それに、皇后がまだ決まっていない今、凜花が特定の妃と必要以上に親しくすることはあらぬ憶測を呼ぶ可能性がある。

「私は書物室に用がありますので。それでは、ごきげんよう」

「まあ、それはお引き留めしてしまい申し訳ありませんでした。ごきげんよう」

燕妃は軽く会釈すると歩き出す。それに付き従うように、女官たちも歩き出した。

(よし。上手《うま》くやり過ごせた！)

人々の足音が遠ざかるのを聞いてホッとしたのも束《つか》の間《ま》、今度は後方から「あらぁ？」と甘ったるい声がした。振り返ると、角を曲がったところで燕妃と別の妃が鉢合わせしているのが見えた。ちょうど中庭を囲むように回廊があるので、六花の位置からは彼女たちの様子がよく見える。

「どなたかと思ったら、燕妃様ではございませんか。おはようございます」

口元に笑みを湛《たた》えて燕妃の前に立っているのは、三の殿に住む田妃《でんひ》だった。

まだ若く、十代後半の田妃は、ピンク色の襦裙を着ていた。袖の部分には黄色い花が描かれた、華やかなデザインだ。大輪の花が若々しい田妃によく似合う。

「これは田妃様。そろそろ昼餉《ひるげ》の時刻だといいますのに『おはようございます』だなんて、随分とごゆっくりされていましたのね。それとも、わたくしの従者は時間を間違えて告げたのかしら？」

「安心なさってくださいさい。燕妃様の従者は何も間違っておりません。とても優秀な方ですわ。お恥ずかしながら、昨夜は陛下がなかなか離してくださらないものだから、少し寝過ごしてしまいました」

田妃は袖口を口元に持ってきて、ふふふっと意味ありげに笑う。それを聞いた燕妃の顔がさっと強張《こわば》った。

「陛下の朝議に差し障りがあったらどう責任を取るおつもり？」

「あら、それは敬事房の者の役目ですわ。わたくしは陛下の日頃の疲れをお慰めしただけです」

田妃はうふふっと笑い、口元に微笑みを浮かべる。敬事房とは皇帝の閨《ねや》の管理をする部署のことで、皇帝が妃と閨を共にするとき、寝室の外で侍《はべ》って時間になると呼ぶ役目も負っている。

（こっわ！）

六花は内心で震えあがった。

これが女の戦いというやつなのだろうか。ふたりとも決して声を荒らげたりはしないものの、微笑みを湛えた仮面の下でお互いを強くけん制しあっているのは明らかだ。全く関係のない六花ですら、恐怖を感じる。

（私、公主様の影武者でよかったわ）

これで妃の誰かに似ていて影になれと言われたら、本人の代わりにこの恐ろしい場所に立たなければならなかったかもしれない。想像するだけで心が折れそうだ。

「さっさと書物室に行こっと」

六花はふたりから目を逸らすと、目的の場所に向かって歩き始めたのだった。

書物室は後宮の西の端にあり、後宮内に住む妃はもちろんのこと、女官や宦官《かんがん》も自由に出入りすることができる。

「こんにちは」

入口にいる書物室管理の司書官に声を掛ける。本を読んでいた彼女は六花が近づいてきたことに気付いていなかったようで、ハッとした様子で顔を上げた。歳《とし》は三十歳くらいで、長い黒髪を後ろでひとつに結んだ女官だ。

「まあ公主様、ごきげんよう。最近よくお越しになりますね。今日も探し物ですか？」

「ええ、まあ」

六花は答えながら、腰ひもにぶら下げている札――玉札《ぎょくふだ》を取り出す。玉札は元の世界でいうところの身分証明書のようなものだ。成安城の中では万単位の人が働いている。そのため、各施設を利用する際はこの玉札を見せ、身分を証明するのだ。

薄い象牙の板には『桜凜花』と書かれている。凜花が持っている玉札と全く同じものを、星雲が密《ひそ》かに用意してくれた。

裏を返すと、身分を表す横線が入っており、凜花の場合は太線が二本だ。この太線が一本の場合は皇帝の妃、二本の場合は皇室の直系であることを示しているようだ。また、身分が低い者は材質が木材になる。

身分によって見た目の違いは多少あれども、成安城で働く全ての者がこの玉札を持っている。

多くの平民にとって、皇帝の住まう城で働くことは憧れだ。だから、この札を喉から手が出るほど欲しがる者も多い。つまり、成安城で働く身分を与えられた証明であるこの札は玉石と同等の価値があるとして、玉札と呼ばれるようになったという。

ちなみにこの情報は、書物室に置いてある歴史書に書かれていた。

ガラリと引き戸を開けると、書物室には誰もおらずシーンと静まり返っていた。

六花の通っていた小学校の図書室くらいの広さがある部屋には、一メートル間隔くらいで六花の背丈よりも少し高いくらいの本棚が並んでいる。本棚には上から下までぎっしりと本が詰まっていた。

「前回この辺を見たから、今日はこっちにしようかな」

不思議なことに、この世界の言葉は日本語ではないにもかかわらず六花は難なく理解することができた。文字に関しても然《しか》りだ。この力には、とても助けられた。

理由はよくわからないが異世界転移の特別ボーナス、いわゆる〝チート〟なのだろうと勝手に思っている。

六花はまだ蔵書の確認をしていない本棚の前に立つと、その本棚の上から下までを順番に眺めてゆく。目に付いたものがあれば手に取ってパラパラと中を確認し、またそれを元に戻すという作業を繰り返した。

三十分ほどで本棚の上から下まで一通り確認し終えると、六花は手に持っていた書物を本棚に戻し、ふうっと息を吐いた。

「ないなあ」

六花が探しているもの。それは、六花と同じような異世界転移者——すなわち落ち人に関する情報だ。

星雲によると、落ち人は非常に珍しいものの、これまでも何人か例があるという。もしかしたらその中には元の世界に戻った人もいるのではないかと考えた六花は、たびたびこの書物室に情報を集めに来ているのだが、今のところそれらしき資料を見付けることはできていない。

「公主様。もしお探しの物が見つからず困っているなら、一緒に探しましょうか？」

ふいに声を掛けられて振り返ると、先ほどまで入口にいた司書官の女性が心配そうにこちらを見ていた。

（どうしようかな）

星雲からは、落ち人のことはほとんど一般に知られていないと聞いた。書物室の司書官である彼女が知っているとは限らないし、知っていてもなぜそんなものを調べているのかと不審に思われるかもしれない。

返事に迷っていると、女性が再び口を開く。

「もしもここで見つからないなら、外宮《がいきゅう》の書物殿に行ってみたらよいかもしれませんん」

「外宮の書物殿？」

六花は聞き返す。外宮とは、後宮の外のことだ。

「はい。後宮内の書物室はこちらにある蔵書のみなのですが、男女の恋物語に偏っておりますから。その……、皆さまお好きですので」

六花は本棚を眺める。あまり意識していなかったが、確かにここの書物室は男女の秘めた恋を描いた作品が多い。たったひとりしかいない男——皇帝の寵を得ようと競い合うここの住人にとって、そういった恋物語は気軽に現実を忘れて夢想に浸れるよい手段なのだろう。

「外宮の書物殿では色々な種類の本を読めますよ。祥倫国随一の蔵書数を誇り、翰林《かんりん》院《いん》の書物などもあるんです」

「へえ。そうなのね」

翰林院は研究機関のようなもので、文学、医学、工学、法律などの学者が集まる役所の名前だ。

「あと、呪術院《じゅじゅついん》の書物も興味深いです」

「呪術院？」

六花は聞き返す。

（たしか、呪術院って——）

この世界に転移してきたとき、六花がまず気になったのは魔法のような超常現象があるかどうかだった。異世界転移するくらいなのだから、あっても不思議ではないと思ったのだ。

星雲にそのことについて聞くと、彼自身はそういった不可思議な力を使うことはできないが、一部にそういう力を持っていると主張し、また、そういう力を持っていると人々から信じられている人間がいると言った。

彼らは〝呪術師《じゅじゅつし》〟と呼ばれており、彼らを所管するのが呪術院だ。

(呪術院の資料なら呪術について載っているはずだから、期待できるかも?)

異世界転移などという摩訶不思議《まかふしぎ》な出来事が起こった理由は未だに謎だが、もしかすると呪術が関係している可能性もある。

(よし。行ってみよう)

ただ、問題がひとつ。後宮にいる女性たちは、勝手に後宮の外に出ることは許されない。彼女たちは妃はもちろんのこと女官まで全て、皇帝のために仕える女性なのだ。妃ほど厳しく制限されてはいないにしても、女官も外に出るには一定の決まりがあった。それは、身元引受人となってくれる相応の身分を持つ人を探すことだ。彼らの監視の下でようやく外に出ることができる。そして、身元引受人は女性を無事に後宮に戻す義務を負っており、もし反故《ほご》にすれば厳しい処分が下る。

(星雲様に相談かな)

六花の身元引受人をしてくれる人など、星雲以外に思いつかない。

「貴重な情報をありがとう。外宮の書物殿に行ってみるわね」

「はい、是非。こちらの書物室にも、またいつでもお越しくださいませ」

書物室の司書官はにこりと微笑むと、六花に向かってぺこりと頭を下げた。


書物室をあとにした六花は、その足で星雲のいる司礼局へと向かった。

星雲は自分のことを〝後宮管理人〟と名乗ったが、正確に言うと、この司礼局に所属する役人をしているようだ。司礼局は皇帝の詔《みことのり》、即ち詔書を作る機関で、後宮の中央——皇帝の住まう祥内殿のすぐ近くにある。

(いるかな?)

以前教えてもらった彼の執務室の扉をトントンとノックする。「誰だ?」と声がしたので六花は「凛花です」と言って引き戸を開けた。

「凛花様?」

「ごめんなさい、六花です」

六花は星雲以外に誰もいないことを確認してから、小さな声で訂正する。

「ああ、六花か」

凛花と六花は元々の顔の造形がとても似ている上に、長さの違った髪も今は付け毛で長くしている。以前から付き合いのある星雲ですら、すぐには見分けるのが難しいようだ。

星雲は机に向かい、何か書き物をしている最中だったようだ。彼の机周りにはこれでもかというほど書類が積み重なっている。

「何をしているの？」

「今年も後宮内で火鼠《かそ》が出るやもしれないから祈禱《きとう》をすべきだという嘆願が呪術院から陛下宛に来ていたから、返事を書いていた」

「火鼠……って何？」

六花は聞き返す。

「火鼠は、尻尾の先に炎をともす幻の鼠だ。夏になると人知れず現れ、各地に火災をもたらすとして恐れられている」

「尻尾の先に炎をともす幻の鼠？」

そんな鼠、聞いたことがない。だが、この世界ではごく一般的にみられる鼠なのだろうか。

「その鼠、よく出るの？」

「実際にその鼠を見た者は、誰もいない。ただ、夏になると不審火がおこるのは火鼠のせいだと信じている者は一定数いる」

「ふうん」

六花は頷く。元の世界で言うところのツチノコやネッシーのようなものだろうか。もしくは、赤ちゃんを運ぶコウノトリのほうが近いかもしれない。

「それで、祈禱するの？」

「私はする必要ないと思っているが、もしせずにいて何かがおこれば呪術師と懇意にしている貴族たちに格好の攻撃材料を与えることになってしまう。致し方ない」

「なるほど」

どこの世界にも権力を求める争いというのは少なからず発生してしまうようだ。もし本当に何かがおこれば、『祈禱を怠ったせいで災いをおこした』として司礼局を糾弾する材料を投下することになってしまう。

「それで、こんなところに来るなんてどうした？」

星雲はきりがよいところまで書き終えると、筆を筆架《ひっか》に立てかける。

「えーっと、ちょっとお願いがありまして」

「お願い？」

「ええ。外宮にある書物殿に行きたいの。連れて行ってください！」

「なぜ？　後宮内の書物室では不足だったか？」

星雲は解せない様子で、まっすぐに六花を見つめる。

「うーん。探している資料を見つけられなくて」

「なんの資料だ？」

「落ち人の。もしかしたら、帰るヒントが載っているかもしれないでしょ？」

「ああ、なるほど」

星雲はそれだけ言うと、ふいっと六花から目を逸らし、また書類に視線を落とす。

「気持ちはわかったが、すぐには無理だ。時間を取ることが難しい」

「……そっか。わかった」

星雲が忙しいことは、六花もよく知っている。現に、今机の上に載っている書類を確認するだけでも大仕事だと容易に想像できる。

本当はすぐに外宮の書物殿に行ってみたかったが、それで忙しい彼の時間を浪費させるのは本意ではなかった。

(書物殿は、また今度かな)

六花はしゅんとして視線を落とす。すると、ずいっと目の前に何かが差し出された。

「え？」

それは皿に載った、真っ白な包子《パオズ》だった。なぜこんなものを差し出されたのかわからずきょとんと星雲の顔を見ると、彼はふいっと目を逸らして「やる」と一言いう。

「甘いものでも食べれば、気持ちも晴れるだろう」

六花は包子と星雲の顔を見比べる。

(もしかして、書物殿に行くのは無理だって断ったから私が落ち込んでると思って、元気づけようとしたのかな?)

なんて不器用な慰め方なのだろう。

「ありがとう」

六花は包子をむんずと片手で摑《つか》むと、大きな口を開けてそれにパクリとかぶりつく。

口の中に、優しい甘さが広がった。

◇◇◇

季節は初夏。祥倫国では日に日に暑さが増していた。

「今日は暑いなあ」

六花は眉毛の上あたりに手で傘を作って直射日光を避けながら、空を見上げる。

真っ青の空には雲ひとつなく、少し外に出ただけでじりじりと灼《や》けるような暑さを感じる。

最近はすっかり凜花のふりをすることにも慣れてきて、六花は自然な所作で孔雀《くじゃく》の団扇をあおぐ。そして、他人のふりをすることに慣れた人がもう一人――。

「ねえ。さっき尚食の女官に聞いたんだけど、今朝早く、氷穴から氷が届いたんですって。氷菓子をいただきましょうよ」

女官姿の凜花は目をキラキラさせて、六花を見つめる。

「氷菓子？　いいですね」

氷菓子とは氷を細かく砕き、その上に砂糖を煮詰めたシロップをかけて食べる夏の甘味だ。イメージとしては、かき氷が近い。

そして、祥倫国では、氷菓子はとんでもなく高価な菓子とされている。

というのも、この世界には冷凍庫がない。

そのため、冬の間に湖で作った氷を気温が低い鍾乳洞《しょうにゅうどう》に運び込み、夏まで保管することで氷を確保しているのだ。鍾乳洞の気温が低いとはいえ、氷点下にはならないので保管している氷は少しずつ解ける。そんな中、氷売りはわずかに残った氷をはるばる皇都まで運んできて、お金を持っている貴族に高く売るのだ。その時間と労力を考えれば、高くなってしまうのも納得だ。

程なくして、凜花は器に盛られた氷菓子をふたつ運んできた。細かく砕かれた氷に透明のシロップがかかっており、見た目はまるで真っ白な雪のようだ。

「んー、幸せ」

一口氷を頬張った凜花が恍惚《こうこつ》の表情を浮かべる。

六花も食べてみる。シロップだけの味付けのそれはとてもシンプルな味わいだった。しかし、貴重な氷を使って作っているせいか、今まで食べたかき氷で一番美味《おい》しく感じる。

「六花がいた世界にも氷菓子はあったの？」

「ありましたよ。夏になると、毎日のように食べていました」

「まあ、毎日？　六花のご家庭はとても裕福だったのね？」

目を丸くする凜花の様子に、思わず笑みが漏れる。お金持ちどころか、両親を災害で亡くしたこともあり苦学生だったが、今ここでそれを言う必要はないだろう。

そのとき、外から「わー」「きゃー」という悲鳴が聞こえてきた。

（なんだろう？）

不思議に思って縁側から外を見るが、特に何も見えない。

「どうしたのかしら？　騒がしいわね」

凜花も声に気付き、眉を顰《ひそ》めながら外を見る。「大変だ」とか「急げ」という叫び声が聞こえてくる。

「何かが焦げているような臭いがしませんか？」

六花はくんっと鼻から息を吸う。部屋に女官が飛び込んできたのは、それとほぼ同時だった。

「公主様、大変でございます！　三の殿が火事にございます」

「なんですって！」

凜花は驚き、ただちに立ち上がる。

（火事ですって？）

六花はひゅっと息を呑む。

祥倫国の建物は、一部の石の土台を除いてほぼ全てが木造建築だ。ひとたび火災がおこれば次々に周囲に燃え移り、後宮が全て灰になるような大惨事になる可能性もある。

「私、現場を見て参ります」

六花は咄嗟《とっさ》にそう叫ぶと、三の殿に向かって走り出した。


パチパチと何かが燃える音がする。それに、あたりに充満する焦げたにおいに、近づくだけでじりじりと焼けるような熱気。

人々が井戸から水を汲《く》み上げ、必死に消火活動をしている。その傍らでは、宦官や女官たちが必死に荷物を外に持ち出していた。中には着ている服の一部が焦げてしまっている者もいた。

「なんということなの！　早く消して！　消しなさい！」

「今やっております。落ち着いてください」

燃え盛る殿舎の前で叫んでいるのは、ここ三の殿の主である田妃だった。宦官が必死に宥めようとしている。

田妃は拳を握り締め、ふるふると肩を震わせる。

「きっと、他の妃の仕業だわ！」

「田妃様、落ち着いて」

「わかっているのよ！　さてはお前の仕業ね！」

目を血走らせて叫んだ田妃の視線の先にいたのは、火災が起きたと聞いて様子を見にきたと思《おぼ》しき燕妃だった。

燕妃は突然責められて、驚いたような顔をしている。

「バカなことを言わないで。なぜわたくしがそのようなことを」

「最近、わたくしが閨に呼ばれることが多かったから、それを妬んだのでしょう！」

「とんでもない言いがかりだわ！」

田妃が燕妃に飛びかかろうとしたのを、周囲にいた宦官や女官が必死に止める。

「田妃様、落ちついてください。三の殿に、燕妃様の使いは来ておりません」

「では、なぜ火の手が上がったと言うの！」

激しく詰問され、その場にいる女官や宦官は顔を見合わせる。

「もしかして、火鼠？」

そう言ったのは誰だったのだろう。誰とはなしに「火鼠だ」「火鼠の呪いが田妃様に降りかかった」と騒ぎ出す。

（火鼠？）

たしかその単語を、星雲からも聞いた気がする。火鼠の災いが降りかからないように祈禱をすべきだという申し入れがあったと。

「わあぁぁぁ」

その場で泣き崩れた田妃の慟哭《どうこく》が、辺りに響き渡った。


結局、火が完全に消し止められたのはその日の夕方になった頃だった。

「星雲ったら、随分と忙しそうね。詳しい話を聞いてみたかったのだけど」

外の様子が気になって様子を見に行った凜花が、六の殿に戻ってきてぼやく。

「今日は仕方がないのではないかと」

後宮にいる多くの人々の名簿を抱えて一人ひとり安否確認を行うだけでも何時間もかかるだろう。田妃たちが住んでいた三の殿が半分近く焼けてしまったので、彼らの行き先を確保しなければならないはずだ。宦官たちがそれらの対応に当たるにしても、彼は責任者としてかかわるのだから、想像を超える忙しさだろう。

「幸いにして、後宮内にはまだ空いている殿舎もあるから、田妃様たちはそこに移動することになったみたいよ。さっき、通りかかった三の殿の女官に聞いたわ」

「そうですか。それは不幸中の幸いですね」

六花はほっと息を吐く。もしも空きがなければ妃である田妃の行き先がなくなってしまっただろう。最悪の事態は避けられて、安心した。

しかし、そうはいっても元々今は使っていない殿舎だ。当然、溜《た》まっている埃《ほこり》も多いので、清掃作業もさぞかし大変だろう。

「はあ、今日は驚いたわね。とにかく、人の被害がなくてよかったわ」

凜花は、はあっと息を吐いて椅子に倒れ込む。

「本当ですね」

六花は相槌《あいづち》を打つ。

氷菓子を食べようと思っていたのが、とんだ大災害に巻き込まれてしまった。結局、氷菓子は半分以上が食べられずじまいだ。戻って来たときには、氷は既に消え去り、ただの砂糖水になっていた。

「火事の原因はなんだったのでしょう？」

六花は疑問に思い、凜花に問いかける。

もう初夏なので、暖房ではないだろう。となると、茶を沸かしている最中の火の不始末だろうか。

「それがね、今のところわからないらしいのよ。当初は茶器の不始末じゃないかって思われていたんだけど、複数の女官が茶など沸かしていなかったと証言しているらしいの」

凜花は人差し指をずいっと顔の前に差し出すと、内緒話をするように言う。

「その辺の詳しい話を星雲から聞きたかったのに、もう！」

凜花は不満げに口を尖《とが》らせる。

「茶器の不始末じゃない？」

六花は腕を組み、考え込む。

（火鼠の仕業だって言っている人もいたわよね）

野次馬の中から誰とはなしに、火鼠の仕業を疑う声が上がっていたのを確かに聞いた。

（う－ん。火鼠ねえ）

どうも解せない。本当に火鼠なら、どうして誰もその実物を見たことがないのだろうか。それに、星雲が夏になると火鼠の被害が増えると言っていたことも気になった。

火災は空気が乾燥した季節に起こりやすくなるが、祥倫国の夏は特に乾燥していない。

（明日、星雲様に聞きに行ってみよう）

六花は私室に戻ると、寝台に横になって目を閉じる。あっという間に意識は闇に呑まれた。


翌日、六花は朝一番で司礼局にある星雲の執務室を訪ねた。手には、凜花おすすめのお茶と菓子の入った籠を持っている。

「星雲様。おはようございます」

「……おや、六花。どうした？」

星雲は彼女を見て、すぐに六花だと言い当てる。

「なんで私だってわかったの？」

不思議に思って聞いてみると、星雲は「凜花様は朝が弱いから、こんな時間から訪ねてくることはない」と断言した。

「なるほど。確かに、凜花様はまだぼんやりされているご様子でした」

「そうだろう？」

星雲はくくっと笑う。その様子はいつもと変わらないように見えるが、よく見ると目の下に薄らとくまができている。きっと、徹夜だったのだろう。

「これ、差し入れです。多分、ほとんど食事もせずに仕事をしているのではないかと思って」

「助かる。ありがとう」

星雲はそれを素直に受け取ると、中に入っていた茶菓子のひとつを丸ごと口に入れた。すごい勢いで食べていく様を見る限り、よっぽどお腹《なか》がすいていたようだ。

「昨日の火災、原因はわかったのですか？」

「いや、まだだ。なんでもあのとき、三の殿では衣替えのため、衣装の陰干しを行っていたらしいんだ。火の気はなかったと。ただ、田妃は、自分への妬みから他の妃がやったのだと主張している」

「他の妃が」

「具体的に言うと、燕妃だ。何も証拠はないがな」

「昨日、取り乱した田妃様が燕妃様に詰め寄っている姿を私も見かけました」

同時に脳裏に蘇《よみがえ》ったのは、書物室に向かう途中に見かけた、田妃と燕妃のやり取りだ。皇帝の閨に呼ばれた田妃が、わざわざこれ見よがしに燕妃を煽《あお》っていたのが印象的だった。

同じ夫を持つ妃同士、彼女たちは競い合っている。「自分のほうが愛されている」とライバルに知らしめて、心理的に優位に立つためには色々とあるのだろう。

「それに、一部の貴族からは火鼠のせいではないかという憶測が噴出している。今日、関係者に聞き取りをするのだが……気が重いな」

星雲はやれやれと言いたげに、息を吐く。

(火鼠……)

ここ最近、何度この単語を聞いただろう。尻尾に炎を灯《とも》す、幻の鼠。

「星雲様。その聞き取りに、私も同席してはだめですか?」

「六花が? なぜだ?」

星雲は訝《いぶか》しげに聞き返す。

「あの……、別の世界の知識がもしかしたら役に立つかもしれないと思って」

六花は火災の専門家でも何でもないが、元の世界はこの世界よりもはるかに科学技術が進んでいた。だから、自分の知識を以《もっ》てすれば、何か気付く点があるかもしれないと思ったのだ。

それを聞いた星雲は、考えるように黙り込む。

(やっぱり無理かな?)

凜花の落ち人である六花は、星雲からすればあまり目立たせたくない存在のはず。難色を示すのも無理はないのだ。

しばらく考えていた星雲は、ようやく口を開く。

「いいだろう。宦官に変装して、常に私の後ろにいろ。それであれば、構わない」

「本当? わかった」

まさか了承してくれるなんて、思わなかった。

六花はこくこくと頷いた。


その日の午後、六花は星雲と共に七の殿に向かった。三の殿が使い物にならないので、田妃は現在この殿舎を使っているのだ。

初めて着る宦官用の服はなんだか新鮮だ。けれど、髪の毛をひとつに纏めて紗帽《しゃぼう》を被る宦官スタイルは思ったよりも動きやすく、悪くない。

殿舎内に招き入れられた六花は、星雲の斜め後ろに立ち、殿舎内をさりげなく窺《うかが》い見る。多くの物が焼けてしまったせいか、室内はがらんとしていた。持ち出してきたわずかな家財や装飾品類が部屋の隅に置かれている。

「昨日のことを教えていただきたい。火に気付いたとき、皆さまは何をなさっていましたか？」

星雲は普段六花と話す時とは少し違う、穏やかな口調で女官に問いかける。

「昨日もお伝えした通り、田妃様のお召し物に虫がつかないように、点検しながら干していました」

「その作業中に、火は使いませんでしたか？　例えば、休憩に茶を飲んだり、衣類用に香を焚《た》いたり」

「何度も言っておりますが、火なんて使っていません。他の者に確認していただいても結構です」

女官は昨日から色々な人に同じことを何度も聞かれてうんざりしているのか、少しムッとしたような表情をした。

「気を害したなら悪かったね。後宮を管理する者として、原因を明らかにする必要がありますので」

星雲は女官を宥めるように、彼女の手に自分の手を添える。すると女官は、「別に周様に対して怒っているわけではございませんので」と言いながら頬を染めた。

（女たらしだわ……）

六花はその様子を眺めながら、すんと鼻を鳴らす。

ほんの少しボディタッチをしただけでこんな風に女性を魅了してしまうなんて、恐ろしい逸材だ。

そのあと話した女官も、言っていることは概《おおむ》ね先ほどの女官と一緒で、矛盾する点はなかった。

「火の手が上がった部屋では衣装を広げて陰干しの準備をしておりました。不審な人物はおりませんでしたし、火も使っておりません」

「窓はどうなっていましたか？　開いていて、そこから放火されたということは？」

星雲が尋ねる。

「確かに窓は開いておりましたが、そこから放火されるというのは考えにくいです。ちょうど窓の外、真下に低木の生け垣があって近づきにくいですもの。それに、あの部屋の窓の近くには井戸があって、頻繁に人が行き来するんです。不審な者がいればすぐにわかります。窓際には珍しいガラス工芸品がたくさん置かれているので、以前それを外から盗もうとした不届き者が現れた際も、すぐに捕らえられました」

「確かにそんなことがありましたね」

星雲は頷くと、少し考える仕草をしてから「不思議ですね」と呟いた。

女官は星雲の様子を見て、少し迷うような態度を見せてからおずおずと口を開いた。

「実は、女官たちの間では呪いによるものではないかと噂《うわさ》になっているんです」

「呪い？」

「はい。火鼠が出たのではないかと。だって、衣装を整理していたら突然火の気がない部屋から火の手が上がったんですよ？　きっと、陛下の寵愛《ちょうあい》を受けている田妃様に嫉妬した他の妃が呪術師を雇って火鼠を呼んだのです」

女官は大まじめな顔で断言した。

（呪術師を雇って火鼠を呼んだ？）

確かに女官たちの話を聞くに、なぜ三の殿で火災が起きたのか不思議でならない。

しかし、呪術で火鼠を呼んで火災を起こしたなど、六花には理解しがたい。

「なるほど。話はわかりました」

悶々とする六花をよそに、星雲は女官の話に同意も否定もせず相槌を打った。

そうして最後に話を聞いたのは、田妃その人だ。

先日六花が廊下で見かけた際は美しく着飾っていたが、さすがに昨日の事件で疲れ切ったのか、今日は装飾の少ない襦裙を着ていた。普段なら美しく結い上げている髪の毛も、肩に垂らしたままだ。

「犯人は燕妃様よ」

開口一番に田妃はそう言った。

「それはまた、どうしてそう思われるのですか？」

星雲は口元に僅かに微笑みを湛え、田妃に問いかける。

「だって、先日廊下でわたくしとすれ違った際に、わたくしが陛下の閨に呼ばれたことを知ってとても悔しそうな顔をしていたもの。それに昨日、火事の様子を見物に来ていたわ。きっと、上手くことが運んだかを確認しに来たのよ」

「なるほど。では、もし仮に燕妃様が犯人だったとして、彼女はどうやって火災を起こしたのでしょうか？」

「呪術師にでも頼んだのでしょう。ほら、最近強力な呪術を使うことで有名な呪術師がいるでしょう？　名前はなんだったかしら……そう、たしか塔氏《とう》だわ。彼なら、火鼠を呼ぶこともきっとできるわ。しっかり調べれば、きっと燕家との繫《つな》がりも見えるはずよ」

六花は一気にまくしたてるように喋る田妃と、彼女の話に耳を傾ける星雲の会話を聞きながら、考える。

（つまり『廊下ですれ違った際に悔しそうな顔をしていた』ことと『火災の現場を見に来ていた』のふたつだけがはっきりしている事実で、あとは全部彼女の憶測ってことね）

田妃は完全に燕妃が犯人だと思っているようだが、このふたつの事実だけで彼女を犯人と断定するのは難しい。それに、呪術師が火鼠を呼んだと言うが、一体どうやって？

考え込んでいると、「早く犯人を捕まえて、然るべき処分をしてちょうだい」という声がした。

「はい。早急に対応させていただきます」

星雲が深々と頭を下げたので、六花もそれに倣って頭を下げる。田妃はフンッと立ち上がり、カツカツと部屋を出て行った。田妃付きの女官がやってきて、「お帰りの案内をします」と頭を下げる。

立ち上がろうとしたとき、リーンとどこからか涼しげな音が聞こえてきた。音がしたほうを見ると、窓の向こう、軒先に風鈴が吊《つ》り下がっている。

「風鈴ですか」

六花の呟きに気付いた見送りの女官もそちらを見る。

「はい。田家の領地はガラス工芸が盛んなのです。色々なガラス製品を作っているので、こうして飾っているのです」

「色々なガラス製品？　他にはどんなものが？」

「本当に色々です。でも、器が多いかしら。あとは装飾品や置物ですね。三の殿には様々なガラス細工の置物が飾られていたのですよ。窓際に置かれていたものなどは日の光を浴びると本当に美しくて。あんなことになってしまったせいで――」

女官は悲しげに眉尻を下げた。

七の殿からの戻り道、六花はすっきりしない気分だった。

「不満そうな顔をしているな」

隣を歩く星雲が六花に言う。

「星雲様は以前、私が『この世界に呪術や妖術はあるのか？』とお聞きした際に、『呪術を使えると主張する人間はいる』と言っていたわよね？」

「ああ、言ったな」

星雲は頷く。

「呪術というのは、幻の生き物を呼び寄せたり、何もない場所に火を熾《おこ》したりすることも可能なの？　私は星雲様の話を聞いて、単に本人が『呪術を使える』と主張しているだけで、実際はそのような不思議な力はないのだと思っていたのだけど……」

六花は星雲の話を聞いた際、呪術師は元の世界で言う〝超能力者〟もしくは〝予言者〟のようなものだと認識した。つまり、本人はその力があると主張し、一部の人はその力が本物であると信じているものの、科学的には客観的証明ができない状態だ。

そして六花は、そのような力は実際にはないと思っている。けれど、この世界では違うのだろうか。

「その質問に正しく答えるのは難しい。信じている人にとって、その力は本物だ」

「その言い方だと、星雲様は信じていないということですね？」

星雲は六花の鋭い指摘に、ふっと笑みを漏らす。

「おかしいと思わないか？　同じ人間なのに、一部の人だけそんな摩訶不思議な力があるなんて」

「完全に同意します」

六花は真顔で頷く。

六花は理系人間で、現実主義者だ。世の中の怪奇現象は全て科学で解明できると信じている。唯一の例外は、自分の身に起きた異世界転移だけだ。

「星雲様。今から三の殿に行ってみませんか？」

「三の殿に？」

六花の提案に、星雲は怪訝《けげん》な顔をする。

「はい。もし呪術でないならば、必ず原因があるはずです。もしかするとその痕跡が残っているかもしれません」

六花は人差し指をずいっと星雲の鼻先に突きつけた。


星雲と共に三の殿に行くと、殿舎の入口だった場所には見慣れない物が置かれていた。緑色の葉が付いた枝が数本挿さった白い花瓶と、何か文字の書かれた赤色の札だ。

「なんですか、これ？」

「穢《けが》れを払う札だ」

「穢れ？」

「今回の火災が火鼠の仕業だと信じている者が、それらの呪いが後宮全体に蔓延《まんえん》するのを防ぐためにやった。札は呪術院の呪術師が作ったものだろう」

「ふーん」

呪術師の仕業だと主張する人がいれば、時を同じくして呪術師に助けを求める人もいるとは。なんとも滑稽だ。

意外なことに、三の殿の骨組みは真っ黒に焦げつつもしっかりと残っていた。きっと、柱などの材料に密度があるよい木を使っているのだろう。灰が覆う地面には、わずかに燃え残った衣類の切れ端が落ちている。

「落ちている瓦礫《がれき》で怪我《けが》をしないように気を付けろよ」

「うん」

六花は黒焦げになった瓦礫の上を転ばないように慎重に歩く。

「この辺りの焼け方が特にひどいね」

ひと際激しく燃えた跡が残るのは、建物の南側に面した部屋だった。

「そうだな。女官の話を聞く限り、ここが火元だ」

星雲は頷く。そして、何かに気付いたように体を屈《かが》めた。

「これは……ガラスか？」

彼が拾い上げたのは、薄い青色のガラス片だった。

よく見ると、そこかしこに割れた陶器やガラスが落ちている。先ほど田妃付きの女官に教えてもらった通り、田家の領地の名産だというガラス細工がたくさん置かれていたのだろう。

花瓶のような形をしたものもあれば、動物を象《かたど》っているものもあった。ちょうど瓦礫から見えるのは亀だろうか。盛り上がった球体は甲羅のようだ。

六花は落ちていた亀の置物を拾い上げる。煤《すす》で汚れた亀の置物は、足がひとつ折れてしまっていた。太陽の光を浴びた亀で光が屈折し、瓦礫まみれの床を照らす。

その光を見ていた六花は、これまで聞いた話を思い返す。

「そういえば——」

衣替えで三の殿は衣装の手入れをしており、部屋の中には衣類がたくさん置かれていた。その際、窓は開け放っていた。そして、窓際には箪笥が置かれており、その上にはガラス工芸品が並べられていた。

（ということは、この亀も？）

六花は手に持った亀の置物を見る。

「……わかった」

「どうした？」

「星雲様！　誰もいない部屋からの火災の謎、解けました」

六花は興奮げに言うと、にこりと微笑んだ。

◇　◇　◇

火災から一週間経ったその日、七の殿にはどこか落ち着かない雰囲気が漂っていた。

後宮管理人の星雲より、火災の謎が解けたと連絡があったのだ。

今か今かと星雲の来訪を待っていた田妃は、そこに六花もいることに驚いた様子だ。

「公主様？　いかがなされましたか？」

「私も犯人捜しに興味がありまして、星雲に頼んでこの場に呼んでいただいたのです」

六花はにこりと微笑む。

凜花のふりをしているのは意図的なものだ。これから話す出来事は田妃には受け入れがたいものだろうから、ただの女官である六花よりも、公主である凜花として説明したほうがいいと思ったのだ。

「なるほど。では、一緒に聞きましょう。それで、犯人は誰なのかしら？」

田妃は特に疑問を持つ様子もなく、くいっと顎を上げて単刀直入に星雲に尋ねる。

星雲はちらりと六花を見た。六花は小さく頷くと、「犯人については、私からお話しさせていただきます」と言った。

「公主様から？」

田妃は困惑した様子だ。

六花はにこりと微笑み、一歩前に出る。

「その前に、あの日のことをもう一度確認させてください。あの日は朝からよく晴れて、からっとした天気でした。だから、三の殿の女官の皆さまは衣装の整理をしようと仕舞っていた衣装を取り出した。そうですね？」

六花の問いかけに、田妃の側《そば》にいた女官は「はい。その通りです」と頷く。

「その日、窓は開けていた。そして、窓際の箪笥の上にはガラス製の置物がいくつか置かれていた。それも間違いありませんね？」

「はい」

女官は再び頷いた。

「ちなみに、この亀はどこに？」

六花は三の殿から回収してきた亀の置物を見せる。

「どうしてそれを公主様が？」

女官が驚いた様子を見せたので、六花は「三の殿の焼け跡から見つけました」と正直に告げる。

「そうなのですね。亀は縁起がよい生き物ですので、一番よい場所に置いておりました」

「一番よい場所と言うと、具体的には？」

「窓際の箪笥の上です」

「ありがとうございます」

女官の答えに、六花は満足げに口角を上げる。予想通りだ。

「今の答えではっきりとわかりました。犯人はこの亀です」

六花は三の殿で見つけたガラス製の亀の置物を指さす。

「亀ですって？」

「置物が火を放ったというの？」

「火鼠のみならず、火亀《かき》まで出るようになったの？　世も末だわ」

その場がざわっとして、女官たちのひそひそ話す声がそこかしこから聞こえてくる。

一方の田妃は眉根を寄せ、あからさまに不機嫌そうな顔をした。

「何を言い出すかと思えば、公主様までそのような出まかせを仰《おっしゃ》るなんて」

苛立《いらだ》ちから、手に持っていた孔雀の団扇をバシッと自分の膝に打ち付けた。

「わたくしはそのようなおとぎ話を聞きたいのではありません。わたくしの大切な思い出が詰まった三の殿を灰にしたのは誰かと聞いているのです」

「でまかせではございません。犯人はこの亀でございます」

六花はもう一度、同じことを言う。

「では、燕妃様が呪術師を雇い、その亀に火を熾させたと？」

田妃は六花を睨《にら》む。

「亀が火を熾したことに間違いはありませんが、呪術師は関係ありません」

そこまで言うと、六花は窓の外を見る。

「都合よく、今も火災が起きた日と同様に晴天で、時刻も同じくらいです。今から、私があの事件を再現して見せましょう」

「公主様が再現を?」

六花は台の上に暗い色の布を床に置き、窓の近くに亀の置物を置いた。そして、窓を大きく開け放つ。

南中を少し過ぎた太陽は少しだけ傾き始めており、太陽光が窓から燦燦《さんさん》と降り注ぎ、亀の置物が眩《まぶ》しく光る。

「公主様! これのどこが再現なのですか!」

田妃が憤慨したように六花に詰め寄ろうとしたそのとき、再び周囲がざわっとした。

「煙が出ているわ」

「煙が……」

六花が先ほど置いた暗い色の布からは、一筋の煙が立ち上っていた。その根元は黒く焦げ始めている。さらに数秒後、小さいながらも火が付いた。

六花はにっと口の端を上げる。

「これは、収斂《しゅうれん》火災です」

「しゅうれん火災？」

六花の言った言葉が聞きなれなかったようで、田妃はいぶかしげな顔で聞き返す。

「簡単に言うと、ガラスの球面で太陽の光が屈折して、一点に集中することで火災が起きるのです」

収斂火災は日本に住んでいたときも、時折耳にすることがあった。ベランダに段ボールと水を入れたペットボトルを置いておいたら火災になったとか、窓際に水晶玉を置いておいたら火災になったというのも聞いたことがある。

「でも、おかしいわ。どうしてあの日だけ急に？　その亀の置物は普段から窓際に置かれておりました」

疑問を持ったひとりの女官が口を開く。その疑問に同意するように、首を縦に振る女官が数人いた。

「収斂火災は太陽光を屈折させて収斂させるレンズと、ちょうどその光が収斂した位置に燃えるものがなければ起こりません。今までも亀の置物が日光に当たっていることはあったのでしょうが、ちょうど光が収斂した位置に燃えるものが置かれていなかったので難を逃れていたのでしょう。ところが、あの日は衣替えをしていたせいでちょうどその位置に布が置かれていた」

六花は田妃のほうを振り返る。

「つまり、犯人は亀の置物です」

「どうして公主様がこんな謎解きを――」

「あら。私が本の虫で書物室に足しげく通っていることは、田妃様もご存じでしょう」

予想外の犯人に呆然《ぼうぜん》とする田妃を見つめ、六花はにこりと微笑んだ。


「さっきの件、助かった。ありがとう」

廊下を歩きながら、隣を歩く星雲が口を開く。

「どういたしまして。お役に立てて光栄です」

「正直、本当に田妃の言う通り他の妃の差し金だったらどうしようかと頭を悩ませていた。お妃様の生家は皆、祥倫国でそれなりの権力を有した名門だからな。犯人がわかったら簡単に解決という訳にはいかない」

はあっと息を吐く星雲の横顔を見て、今までも妃同士の喧嘩《けんか》で各々の生家が出てきてトラブルになりかけたことがあるのだろうなと思った。

「解決できて、よかったですね」

「ああ。しかし、よくわかったな？」

「以前も伝えた通り、私の元の世界はこの世界よりもずっと科学技術が進んでいた。昔は物《もの》の怪《け》や妖《あやかし》の仕業とされていたことも、次々とその原理や仕組みが解明されていたの」

「そうか。……六花は不思議な人だな」

「そう？」

「ああ。最初は泣いてばかりいるかと思えば、すぐに前向きになって今日に至っては凜花様のふりをして堂々と謎解きまでしていた」

「人間、必要に迫られればやらざるを得ないのよ」

「そうか」

　星雲はくくっと笑う。

「おかげで、今日はゆっくり眠れそうだ。ありがとう」

　星雲は空を見上げる。釣られるように六花も見上げると、夜空には丸い月が浮かんでいた。

　自分の持っている元の世界の知識が役に立って、人に感謝されるのは初めてのことだ。こんな自分でも役に立つのだと、どこか満たされたような気持ちだ。

　今夜はいい夢を見られそうな気がした。

三・偽金貨

三の殿の火災からひと月が経ったこの日、六花はとても浮かれていた。

「六花。なんだか嬉しそうね。何かあったの？」

庭を眺めながら夕餉《ゆうげ》をとっていた凜花が、不思議そうに六花を見つめる。

「わかりますか？　実は明日、星雲様に城下に連れて行ってもらえることになったんです」

六花はにこにこしながら答える。

後宮暮らしは衣食住が保障されているし、主である凜花は気さくでいい人だし、星雲は面倒見がいいし、女官仲間も優しい人ばかりだ。ここでの生活に大きな不満はないが、それでも現代日本に暮らしていた六花からするとどうしても相容《あい》れないしきたりがある。それは、後宮の外に勝手に出てはならないという決まりだ。

だから、三の殿で起きた謎の火災事件を解決した褒美に何がほしいかと星雲に尋ねられたとき、六花は迷わず『町に行ってみたい』と言った。

祥倫国の後宮はそこまで厳格ではなく、六花は妃ではないので町に行くことが禁止されているわけではない。しかし、外に出る際は身元引受人を立てる必要があるのでひと手間必要だ。だから、褒美と言われてこれ幸いと、星雲にそれを頼んだ。

「えー！　ずるいわ。わたくしも行く！」

凜花がそう言ったとき、すぐ背後から「凜花様は明日、朝から雅楽の練習があるのでは？」と声がした。ハッとした顔をした凜花の後ろには、星雲がいる。

「う、そうだったわ……」

凜花は来月行われる宴で、雅楽を披露することになっていた。明日はその練習をする予定なのだ。

「ねえ、星雲。外出の日程を変えられ――」

「申し訳ありませんが、他の日は仕事が入っていて無理です」

さらっと凜花のお願いを断った星雲は、六花を見る。

「せっかくなので、明日は朝から出かけよう。これを」

「これ、何？」

六花は目を瞬《しばたた》く。星雲が差し出したのは、白と水色の布だった。

「服だ。町を歩くための服を持っていないだろう？」

「わあ。ありがとう！」

星雲が言う通り、六花は自分の服など女官用の服以外何も持っていない。それ以外だと、公主のふりをしているときに凜花のものを借りて豪華な襦裙を着るくらいだ。

それらの服で街歩きをすれば悪目立ちしてしまうだろう。

「どういたしまして。朝餉《あさげ》が終わった頃に迎えに来る」

喜ぶ六花を見下ろし、星雲は僅かに口の端を上げる。

「はい！」

「えー！　いいな。わたくしも行きたかった！」

未だに諦めきれずにぼやく凜花の愚痴を聞きながら、六花は笑顔で頷いたのだった。

翌日は、爽やかな晴天だった。

真っ青な空のところどころに、白い雲が浮かんでいる。

「これでいいかな？」

白の襦に、水色の裙。襟の部分と袖には黄色い小花が刺繡《ししゅう》してあり、とても可愛い。

町に出るにはどんな服を着ていけばいいかわからなかったので、星雲が襦裙を用意してくれて正直とても助かった。六花は手鏡を覗き込む。

「もうちょっとよく見える鏡があればいいんだけどな」

この世界の鏡は、銅鏡だ。金属をピカピカに磨き上げて鏡のようにしているが、六花の知るガラス鏡と比べると見え方がだいぶ劣る。

（ガラスを加工する技術があるなら、鏡もつくれるかな？）

ガラス鏡は簡単に言うと、平らなガラスに銀化合物を付着させたものだ。今度試してみようと考えていると、「六花、準備はできたか?」と外から星雲の声がした。

「あ、はい。行けます」

六花は慌てて六の殿の外に出たのだった。

この世界に来たとき、六花は山の中で遭難し、気付いたときには後宮にいた。だから、起きている状態で後宮の外に出るのは初めてだ。

皇都の町は、六花が想像していたよりもずっと賑《にぎ》やかだった。

大きな通り沿いにはたくさんの店が立ち並び、多くの人々が往来している。

なんだかお祭りに来ているかのような気分になって、気持ちが浮き立つ。

「星雲様。あれはなんですか?」

沢山の人が買い求めている店舗を見つけ、六花は星雲に尋ねる。食べ物のようだが、色は白っぽく、六花には見慣れないものだった。

「粉食だ。異国から伝わってきた、小麦を粉状にしたものを練り固めて作った食べ物だ」

「小麦を粉状にしたものを練り固めて作る……」

パンもしくはクッキーのようなものだろうか。もしくは、すいとん?

興味をそそられてじーっと見ていると、「食べたいのか？」と星雲に聞かれた。

「どんな味がするのか、興味がわいたの」

「なるほど。それは、食べたいということだな」

星雲はくすっと笑って立ち止まると、くるりと向きを変えて今さっき通り過ぎた粉食のお店へと向かって歩き出す。

「これをひとつくれ」

星雲は青銅貨と引き換えに粉食をひとつ受け取ると、「ほら」と六花に手渡した。

手のひらサイズの粉食は、色や見た目は違うがねじりドーナツのような形をしている。全体的に白いのは小麦の色だろう。中身がしっかり詰まっているようで、思ったよりもずしっと重い。

「ありがとう」

「ああ」

道沿いにある長椅子に腰を掛け、六花はさっそく粉食を一口食べる。ぼそぼそとしているが、ほんのりと甘みがある。

「美味しい」

「よかったな」

星雲がふっと笑う。その瞬間、なぜか胸がどきんと跳ねた。

（ん？）

六花は自分の胸の辺りを、服の上から手で触れる。

（笑うだけでときめかせるとは、イケメン恐るべし）

女子の少ない理工学部に通っていたため、六花は大学で多くの男子学生に囲まれて過ごしてきた。男性と過ごすことには割と慣れているはずなのに、このイケメン具合は反則だ。

思い返せば、後宮で星雲のことを熱のこもった目で見ている女官も多いような気がする。ジトッとした目で見上げると、星雲は六花の視線に気付き首を傾げる。

「なんだ？」

「別に。なんでもない」

ふいっと目を逸らすと、星雲はきょろきょろと辺りを見回してから六花から離れていく。そして、通りの向こうの店に行って何かを話しているかと思えば、茶碗《ちゃわん》を持って戻ってきた。

「ほら」

差し出された茶碗を見て、六花は訝しげに星雲を見上げる。

「不満そうにしていたから、てっきり茶が飲みたいのかと思ったんだが、違ったか？」

たしかに粉食はぼそぼそしていてのどが渇くので、お茶が欲しくなる。六花は茶碗を受け取ると、ぐいっと一気に飲み干す。

温かいお茶が喉を通り、胸までほんのりと温かくなった。

「このあと買い物でもするか？」

「うん、行きたい！」

そこまで言って、六花はハッとする。

「私、お金持ってないよ」

「俺が持っている」

「今、俺って言った？」

六花は星雲を見上げる。星雲の普段の一人称は『私』だ。

「町に出てまで自分を取り繕っていたら疲れるだろう」

「取り繕っていたんだ？」

星雲は六花と話すとき、普段から砕けた話し方をする。しかし、こんなに砕けているのは初めてだ。

その姿は大学にいた男子学生となんら変わらないように見えて、なんだか新鮮に感じる。

「……違わない」

「ありがとう」

「気にしなくていい。これでも割と稼いでいる」

星雲は六花を見下ろし、にっと口角を上げて笑った。

身分があって、お金があって、おまけにイケメンで面倒見もよい。

「これはまさかの、リアルスパダリってやつ？」

「リア……？」

「あ、なんでもない」

六花は慌てて首を振る。星雲は少し怪訝な顔をしたが、すぐに気を取り直して歩き始めた。

六花は町のことを何も知らない。だから今日は気の向くままに歩くことにした。途中で気になる店があれば立ち止まり、美味しそうな匂いがすれば買って食べる。

普段の後宮生活とは全く違う日常に、気持ちがふわふわする。

「星雲様。私、あれを食べてみたいです」

ちょうど目に入った、串焼きの店を指さす。

「食べ物を強請るときは敬語になるんだな」

「気のせいじゃないかな」

「気のせいじゃないな」

ふっと星雲が笑う。

「買ってくるから、ここで待ってろ」

「うん。わかった」

六花は素直に通りの端に寄り、星雲を待つ。そのとき、六花はふと視界に入った人物を見て驚いた。

（え？）

こんなところに彼がいるはずない。けれど、質素な胡服《こふく》を着たその人はどこからどう見ても六花の知っている人物そのもので——。

「藤村君！」

六花は思わずその人の着ている服の袖を摑む。するとその人は振り返って驚いたように目を見開いた。

「……真田さん？」

「やっぱり藤村君だ！　どうしてこんなところに？　もしかして、藤村君もあの実験の爆発のあとこの世界に？」

自分以外に初めて見つけた落ち人の存在、しかもそれが知っている人物だったこともあり、六花は興奮した。一気に捲《まく》し立てるその声に、歩いていた人々が何事かとふたりのほうを見る。

藤村は居心地悪そうに周囲を見回し、「ちょっとこっちに来て」と六花の腕を取り、裏路地へと入った。

「真田さんこそ、なんでこんなところに？」

「大学の実験中に爆発事故があったでしょ？　あのあと、気付いたらこの世界の山の中にいたの。親切な人に助けてもらって、今はお城で働いているんだ」

「城って、成安城？」

藤村は訝しげに聞き返す。成安城で働くのは庶民の憧れのようなので、にわかには信じられなかったのかもしれない。

「うん。後宮で女官をしているの。それで、藤村君はどうやってここに？」

「僕も同じようなもんだよ。実験中に試薬を加熱していたら試験管が爆発して、気付いたらこの世界にいた」

「やっぱり！」

藤村の話は、六花の身に起こったことと全く一緒だ。やはり、あのときの爆発がきっかけでこの世界に転移してしまったようだ。

「じゃあ、他のメンバーもこの世界にいるのかな？　鈴木《すずき》君と森《もり》君」

鈴木と森というのは、あの日の実験で一緒にチームを組んでいたふたりだ。藤村は六花の問いかけに、首を横に振った。

「さあ。僕は真田さんに今日会ったのが初めてだけど」

「そっか。私も藤村君が初めて」

六花は眉尻を下げる。そのとき、藤村の腰のあたりに金属製の輪があることに六花は気付いた。

「藤村君ももしかして成安城で働いているの？　これって、玉札を掛けるやつだよね？」

金属をアルファベットの「G」のような形に加工したそれは、成安城の人々がよく使っている玉札を引っかける装飾品に見えた。

「え？　いや……」

「どこで働いているの!?　もしかしたら近いかも」

「えーっと、大した仕事じゃないんだ」

「ふーん。そっか……」

具体的な施設や職業の明言を避ける言い方をするのは、それを言いたくないからだろう。六花は彼の態度に、どこかで下働きでもしているのだろうと思った。

下働きは汚れ仕事も多い。言いたくないのなら、詮索するのは無粋だろう。

「ところで藤村君。ここから元の世界に戻る方法って、もう見当が付いたりしてる？」

「いや、全く。真田さんは？」

「私も、全然見当が付かなくて困っているの。後宮にある書物室の本は一通り浚《さら》ったんだけど、それらしきものは見つからなくって。司書官に聞いたら、書物殿を探したらどうかって言われた」

「書物殿？」

「うん。あ、もしかして藤村君、入る伝手《つて》があったりする？」

「いや」

藤村は慌てたように首を横に振る。

「そっかー」

何も有力な情報を得られず、六花はがっくりと肩を落とす。元の世界の人に会えて、もしかしたら帰る方法のヒントだけでも得られるかと思ったのだが肩透かしだった。

そのとき、「六花」と呼ぶ声がした。振り返ると、数メートル先に串焼きを持った星雲が立っている。藤村は星雲を見ると、さっと顔を背けた。

「ごめん。僕そろそろ行かないとだから」

「え、藤村君？」

「じゃあね」

「ちょっと待って！　また会えるよね!?」

「うーん、僕は後宮に入れないから」

「あ……」

後宮に入れるのは女性と宦官、それに最低限の医官のみだ。宦官でも医官でもない藤村が入れないというのは当然だった。

「じゃあ、行くね」

「待って！　じゃあ、私が――」

くるりと向きを変えて走り出した藤村を、六花は慌てて追いかけようとする。しかし、星雲にがしっと手首を掴まれた。

「六花。どこに行く」

「追いかけないと。早くしないと見失っちゃう」

六花は藤村が走り去った方角を見る。既に彼の姿は見えなくなっている。

「もう今からでは追いつけない。何か盗まれたのか？」

「ううん、違う。藤村君――知り合いがいたの」

六花は必死に説明する。

「知り合い？」

「うん、聞いて！　私、元の世界の人と会ったの。同じ大学で、一緒のチームで実験していた人なの！」

元の世界の人にはもう会えないと思っていた。それだけに、藤村の存在は六花にとって驚きだった。興奮がなかなか冷めない。

「さっきの男が、落ち人だと?」

星雲は六花の話を聞き、眉間にしわを寄せる。

「どうやって暮らしているんだ?」

「どっかで働いているみたいだよ。どことは言いたがらなかったから、たぶん下働きじゃないかな。ただ――」

「ただ?」

「玉札を掛ける金具を腰につけていたの。これ」

六花は自分の腰についている金具を指さす。

「成安城で働いているのか? 落ち人が?」

「うーん。そうなのかなって思ったんだけど、はっきりとは聞けなかった」

それを聞いた星雲は、何かを考え込むように黙り込む。

「星雲様?」

ハッとした様子の星雲は慌てたように「なんでもない」と言った。

「あーあ。せっかく元の世界の人に会えたのに」

「向こうが急いでいたのだろう? 仕方があるまい」

「うん、そうだね。……ねえ、星雲様が調べることはできない？　藤村真《まこと》っていう名前なんだけど」

成安城で働いているなら、身分証明である玉札を支給されているはずだから、どこかに名簿があるのではないか。そんな期待を込めて、星雲を見上げる。

「俺が管轄しているのは後宮だけだ。宦官であれば調べることもできるかもしれないが、下働きだと難しい」

「そっか」

六花はがっかりした。

(でも、近くで働いているんだからいつか偶然出会う機会もあるかもしれないよね)

それに、六花が後宮で働いていることは伝えたので、彼から何かしらの手段で連絡をくれる可能性もある。

「ほら。ご所望の串焼きだ」

星雲は六花の前に串焼きを差し出す。

「ありがとう」

六花は気を取り直してそれを受け取り、頬張る。

焼き鳥の塩味で、思ったよりもずっと柔らかかった。

その後もまたいい匂いを漂わせる店舗を見つけ、六花は立ち止まる。店の軒先で、棒に刺さった魚を焼いている。今度は魚の串焼きだ。

「美味しそう」

「まだ食べるのか」

「だって、滅多に来られないもの。食べ歩きはね、街歩きの基本のキなの。わかる？」

「そんな基本は初めて聞いたな」

「星雲様、あれが食べたいです」

町に出られる機会なんてめったにない。今食べずしていつ食べるというのだ。六花は両手を胸の前で組んで、おねだりする。

「はいはい」

星雲はちょっと呆《あき》れ顔《がお》だが希望通り魚の串焼きを買ってくれた。食べてみると、ほんのりと塩味が効いていて身がほろりと骨から外れた。

「美味しい！」

「よかったな」

「近くに川があるの？　これ、干物じゃないよね？」

「ああ。少し南に行くと、川がある」

「やっぱり！」

もくもくと頬張っていると、星雲にくすっと笑われた。

(絶対に食いしん坊だと思われている気がするわ。まあ、いいけど)

なんだかんだ言って六花の希望を聞いてくれる星雲は、根が優しいのだろう。こうして六花が食べ終わるのをじっと待っていてくれるのもまた然りだ。

「待たせちゃってごめん。行こうか」

立ち上がって串をごみ箱に捨てると、星雲のほうに走り寄る。

「さっきから食べてばかりだが、食べ物以外に何か買いたいものはないのか?」

「うーん。必要なものは全部凜花様が用意してくださるから、特には」

「なら、ぶらぶら見て回るか」

「うん」

六花は星雲と並んで再び歩きだす。その間も、気になる店を見つけては立ち止まり、物珍しさから興味深く眺める。

日本ではまず見かけることがなかった観賞用の小鳥屋に注意を奪われていると、突然何かにぶつかる衝撃を感じた。

「わっ」

目の前に、星雲の背中があった。彼が急に立ち止まったので、ぶつかってしまったのだ。

「ちょっと、危ないよ！　急に立ち止まらないで」

六花は頬を膨らませて星雲に抗議をする。一方の星雲は険しい表情で前方を見つめていた。

「星雲様？」

星雲の様子がおかしいことに気付き、六花は彼の視線の先を追う。そこには、陶器の店があった。大小様々な、皿や器が並べられている。

その店の店先が何やら騒がしく、六花は目を凝らす。男性ふたりが店の前で立っており、言い合っていた。野次馬と思しき見物人たちがその周囲を取り囲むように立っている。

「どうしたんだろう？　何かあったのかな？」

六花は一歩前に出ると、隣に立つ星雲に小声で話しかける。

「だから、今はこれしか持っていないって言ってんだろ！」

向かい合う男たちのひとりが声を荒らげた。

どうやら声を荒らげた男は客で、支払いに金貨を使おうとして断られたようだ。

「だから、金貨はお断りしているんです。最近は贋金《にせがね》も出回っていますし」

「どっからどう見ても本物だろう！」

「いや、しかし――」

店主が困り果てたように言うと、客の男は脅すように彼の胸倉を片手で掴んだ。店主の足が地面から浮かび、体がぐらりと揺れた。

(酷い)

その客の横暴な態度に、六花は憤る。現代日本にいたときも、店員に対して横柄な態度をとるモンスターカスタマーは六花の最も嫌う人種のひとつだった。

「ちょっと!」

六花は思わず声を上げる。

店主は助けを求めるような目で、客の男は胡乱気《うろんげ》な目で六花を見つめた。「六花」と星雲が止めようとする声が聞こえたが、六花はそれを無視して男たちの前に立った。

「なんだ、あんた」

客の男が六花を見て目を眇める。

「喧嘩はやめてください。周囲の人が驚いています」

「喧嘩したくてしているんじゃない。俺が買い物しようとしたら、この店主が正当な理由もなく金貨は使えないと言い出したんだ」

「なら、銀貨か銅貨で買えばいいじゃない」

「生憎《あいにく》、俺は金貨しか持っていないんでね」

「金貨しか持っていない?」

六花は眉根を寄せた。お金は持っていないが、貨幣制度の仕組みについては本で読んで知っている。

祥倫国の貨幣は、青銅貨、銅貨、銀貨、金貨の四種類で、順に価値が高くなる。一般的に出回っているのは青銅貨と銅貨で、銀貨ですらあまり出回っていない。それが、金貨ともなればなおのことだ。

その言い草に、強い違和感を覚えた。

（この金貨、多分偽物だわ）

六花は拳をぎゅっと握る。

「では、この場でその金貨が本物かどうかを私が確かめるわ。もし本物なら、私が色を付けて両替してあげる」

もちろん金貨を両替するお金など、六花は持っていない。絶対に贋金だと思ったからこそ吹っ掛けた勝負だ。

「へえ、面白い。やってみろ」

男はへらっと笑う。まるで、そんなことができるわけがないと言いたげに。

「六花」

横でふたりのやり取りを聞いていた星雲が、再び六花を止めようと声を掛ける。六花は星雲の顔を見て、大丈夫だという意味を込めて小さく首を横に振った。

（さっきちらっと見えたけど、見た目は金貨だったわ。となると、鍍金《めっき》かしら？）

　偽物の硬貨を造る方法は何種類か考えられる。そのうちのひとつが鍍金だ。元いた世界では、錆止《さびど》めのために鍍金処理が一般的に利用されていた。

「その金貨を貸してください」

「盗むんじゃねーぞ」

「そんなことしないわ」

　六花はムッとしながらも男から金貨を受け取る。

「小刀を持っている？」

「刀？　これしかない」

　六花に問いかけられた店主は、おずおずと刀を差しだした。主に紐《ひも》を切ったりする用途に使われる、とても小さな刀だ。

「十分よ」

　六花はそれを受け取ると、刃先で金貨を押した。わずかに表面に跡が残る。

「鍍金じゃない」

　鍍金は鉄などの金属の上に別の金属を薄く塗装する手法だ。表面を削れば地金が見えて、すぐに鍍金だと判別できる。しかし、この金貨は表面と内部でぱっと見てわかるような違いはなかった。

（鍍金じゃないとすると、合金かしら……）

金貨の両端を持って力を込めてみたが、びくともしなかった。金は展性、延性に富んでいて柔らかい性質を持つ。この硬貨は金にしては硬い気がしたが、祥倫国の金貨が純金で構成されているかどうかは不明なので、それだけでは偽物と判別できない。

「威勢よく真贋《しんがん》判定すると言っていたが、結果はどうだ？」

六花が考え込んでいるのを見て、男がそれ見たことかと勝ち誇ったようににやにや笑う。

「じゃあ、約束通り色を付けて両替してもらおうか。俺を犯罪者扱いした上に大切な金貨に瑕《きず》まで付けて、この落とし前は――」

「秤《はかり》はありますか？」

男が威勢よく喋り出したのを無視して、六花は店主に尋ねる。店主は戸惑いつつも、店の奥から天秤《てんびん》を持ってきた。

「ねえ、星雲様。今、金貨を持っている？」

「ああ、ある」

絶対に星雲なら持っているに違いないと踏んで聞いたのだが、思った通りだ。星雲は懐の包みから金貨を一枚取り出し、それを六花に手渡す。

「こちらが私の連れが持っていた金貨、こちらがそちらの方が持っていた金貨です」

六花は周囲の人にもしっかり見えるように、両手にそれらをひとつずつ持つ。そして、男が持っていた金貨を天秤の右側に、星雲が持っていた金貨を天秤の左側に置く。

すると、天秤は左側に傾いた。

(やっぱり)

六花は口元に笑みを浮かべると、まっすぐに男を見据えた。

「判別できました。この金貨、偽物です」

「なんだと!」

男は憤慨して顔を赤くする。周囲にいた野次馬たちもざわっとさざめいた。

「なんで俺の物が偽物だって言えるんだ!」

「この通り、重さが全く違います」

六花は金貨が両側に載った天秤を指さす。傾いた秤は、男の金貨が明らかに軽いことを示している。

「この男が持っていた金貨が偽物かもしれないだろう」

男は星雲の顔をびしっと指さした。その指摘に、周囲の野次馬たちも「確かにそうだ」「もしかして女の連れが偽物を」とひそひそ話している。

「それはありません」

六花はきっぱりと言い切る。

「金に他の金属を混ぜて合金を作る際に使われるのは、多くの場合が銅、それに鉄よ。この世界の技術力を鑑みれば、鉄ではなく銅と考えるのが妥当だわ。ところで、金と銅は比重が全然違うのよ。金は金属の中でも密度が高く、その比重は銅の倍以上なの」

「ひじゅ……？　何言ってんだ、お前」

男はぽかんとした顔で六花を見る。

「偽物の金貨は本物より軽いと言っているの。つまり、あなたが持っていたほうが偽物ってことね」

「このっ」

憤慨した男が拳を振り上げる。

(殴られる！)

六花は咄嗟にぎゅっと目を瞑る。しかし、痛みはいつまでもやってこなかった。

恐る恐る目を開けると、星雲が振り上げた男の腕を摑んでいた。

「その辺でやめておくことですね。偽金貨所持の罪に加えて、女性への暴行の罪が加わりますよ」

「なんだと！」

男は顔を赤くする。しかし、腕を握る星雲の握力が強いようで動きは封じられたままだ。

「そもそも、あなたのような身なりの人間が金貨を持ち歩いているのは不自然ですね。その一枚で庶民の年収二年分に匹敵しますよ？　本当に自分で稼いでいるなら税金を適切に納めていない可能性がありますから、しっかりと調べさせてもらいましょう」

いつもの宦官モードになった星雲はにこりと微笑み、男を見つめる。丁寧な口調が、余計に威圧感を与えていた。

「なんだとっ。お前、なんの権限があってそんなことを」

「私ですか？　これでも司礼監をしていますので、それなりに権限はありますよ」

「司礼監？」

六花と男の声が重なる。

(司礼監って、宦官で一番偉い人だよね？)

後宮管理人をしているとは聞いていたが、司礼監だとは聞いていない。驚く六花をよそに、星雲は冷徹な笑みを浮かべたまま男を見つめている。

「そもそも、三銅貨で買える品を金貨で買うなんて、怪しんでくれと言っているようなものです」

「な、なんだとっ！」

星雲の言葉に、男は明らかにうろたえる様子を見せた。

「くそっ」

男がくるりと体の向きを変える。

「あ、逃げる気だよ！」

六花は思わず叫ぶ。それとほぼ同時に、星雲がぱちんと指を鳴らした。どこからともなく現れたのは、黒色の長衣を着て腰に剣を佩《は》いた刑吏だ。

「六花が金貨の謎解きをしている間に、呼んできた」

驚く六花に星雲はしれっと言う。

「ご主人。騒がせた詫《わ》びに何かいただこうか。おすすめの品はあるか？」

星雲は呆気にとられる店主に問いかける。

「え？　あ、おすすめならこれです。西にある有名な窯元で焼き上げた逸品だよ」

店主が手に取ったのは、手のひらサイズの小皿だった。食器として使ってもいいし、小物入れにしてもよさそうなサイズ感だ。

「だそうだ。どう思う？」

星雲は六花に尋ねる。

「え？　可愛いと思うけど」

「では、それをいただこう」

星雲はすっと懐から財布を取り出す。

「あのならず者を追い払ってくれたお礼に、これはただでいいよ」

「いや、当然のことをしたまでだ。気持ちだけ受け取っておこう」

星雲は店主の申し入れを断り、銅貨五枚を渡す。そして、皿を受け取るとそれを六花に手渡した。

「ほら」

「え？　くれるの？」

「町でならず者を退治した記念だ」

「何それ」

六花はぷっと噴き出す。

「さあ、我々はもう少し街歩きを楽しむか」

星雲は六花の肩を抱くと、歩くように促す。

「うん」

六花は星雲の横顔を窺い見る。

「お皿、ありがとう」

「どういたしまして」

「星雲様って司礼監なの？」

「違う」

「は？」

「嘘も方便って言うだろ？」

星雲は六花を見下ろし、にっと口の端を上げる。

（は、腹黒すぎる！）

悪辣、とでも言えばいいのだろうか。当初は育ちのよさそうな上品な人だと思っていたのに、どんどんイメージが崩れてゆく。

「ねえ、よく腹黒って言われない？」

「何を言う。俺ほど丁寧で優しい人間はそうそういないぞ」

「それ、表向きだよね？」

「全方位向きだ」

「なんで私だけ例外なの？」

「元に戻したほうがいいのか？」

逆に聞き返され、六花は言葉に詰まる。

「いい。今更丁寧に接されても気味が悪いもん」

「じゃあこのままで」

星雲はくくっと笑う。

「実は、司礼監は俺の兄なんだ。だから、あのはったりがばれることはない」

「星雲様、お兄ちゃんがいるの?」

「ああ、双子だ」

「へえ」

星雲の双子の兄。双子なのだから、よく似た見た目なのだろうか。

なんとなく、その人を見てみたい気がした。


その後も六花と星雲はふと目に入った芝居小屋に立ち寄り、紙芝居を楽しんだ。

(だいぶ歩いたなあ)

こんなに歩き回ったのはいつ以来だろう。旅行でハイキングに行ったとき以来かもしれない。

ずきっと足に痛みが走る。

六花はちらりと、自分の足元を見た。

(やっぱり。さっきから痛むと思ったら、靴擦れしているわ)

かかと部分の皮がめくれ、血が滲《にじ》んでいる。

この世界に転移してきた際に履いていたスニーカーはまだ取っておいてある。しかし、それを履くと目立ってしまうと思った六花は今日、この世界で一般的な靴——後宮の女官たちがよく履いている、つま先が反り上がった特徴的なデザインの布製の靴を履いてきた。

布部分にはたくさんの刺繡が施された上品なデザインで気に入っているが、歩きやすさという点ではやや難がある。

「どうした？」

「なんでもない」

足の痛みを庇《かば》おうと、知らず知らずのうちに歩くのが遅くなっていたようだ。

遅れる六花に気付き怪訝な顔をした星雲を見て、六花は慌てて走り寄る。また足にずきっと痛みが走った。六花を見ている星雲の顔が訝しげなものになる。

「おい。そこに座れ」

「え？」

戸惑う六花は、無理やり道沿いの長椅子に座らされた。星雲は六花の前で膝をつくと、突然彼女の靴を脱がせた。

「ちょっと、何するの！」

こんな人の往来がある場所でなんてことを。六花は批判の意を込めて星雲を睨みつけるが、彼は六花の足を見つめて眉根を寄せたままだ。

「やっぱり。なんで言わないんだ」

逆に非難するような目で睨まれ、六花は肩を竦《すく》める。

「だって、たいして痛くなかったし」

「嘘つけ。たいして痛くないのに、なんであんなに鈍《のろ》くなるんだ。亀になったかと思ったぞ」

そこは言い方ってものがあるでしょうが、と言いたくなる気持ちをぐっと抑える。実は結構前から痛かったけれど、「じゃあ、帰ろう」と言われるのが嫌で黙っていたのは事実だ。

身元引受人がいないと外出できない六花は、次に外に行けるのはいつになるかわからない。だから、丸一日存分に満喫したかったのだ。

黙り込む六花を見つめ、星雲ははあっと息を吐く。

「帰るぞ。ほら、乗れ」

星雲が六花の前に、背を向けて座り込む。

「え?」

六花は驚いた。まさか、おんぶしてやるということだろうか。

「歩けるからいいよ」

「煩《うるさ》い、ごちゃごちゃ言うな。お前の鈍い歩きに付き合わされるこっちの身にもなってみろ。もたもたしていると肩に担いで帰るぞ」

「それは絶対いや!」

六花は慌てて星雲の背中にしがみつく。星雲は六花の膝の裏に手を入れると、軽々と持ち上げた。そのまますたすたと後宮に向かって歩き出す。

(背中、大きいんだな)

初めて触れる星雲の背中は六花のそれよりもだいぶ広かった。宦官と言っても、体格は普通の男性と変わらないのだな、と思う。肩に摑まり顔を寄せると、衣装に焚き染めた香の匂いが香る。

(この匂い、好きだな)

六花はすんと鼻から息を吸う。

「どうした?」

「なんでもない!」

六花は目の前にある、星雲の後頭部を見つめる。

「重くない?」

「その答え、今聞きたいか?」

「やっぱりいいです」

一応こっちは結婚前の乙女なのだ。重くて手が痺《しび》れたなどと言われたら、ショックすぎる。そして、星雲ならそういうことを言いかねない。

(でも、文句も言わずに運んでくれるんだ)

そういえば、六花を見つけ出してくれた時もそうだったと思い出す。彼が山道を、六花を抱えて下りてくれたのだ。

(星雲様って不思議な人だよね)

とてつもなく外面がよいくせに、六花の前だと乱暴な口調で悪態をつく。けれど、六花が本当に困っているとこうやって手を差し伸べて助けてくれる。

(天邪鬼《あまのじゃく》なのかな?)

こういう性格をなんというのだろうと考え、真っ先に浮かんだのがその単語だった。

「ちゃんと摑まっていろ。落とすぞ」

「え!?　やだ」

慌てて星雲の肩に後ろから腕を回す。また香の匂いが鼻孔をくすぐった。

「星雲様」

「なんだ?」

「今日は、ありがとう」

「ああ」

「また連れて行ってくれる?」

「気が向いたらな」

断られないことに、驚いた。

星雲は後宮管理人をしているので、通常業務に加えて日々勃発する後宮内のトラブル対応もあり、とても忙しい。だから、「無理」とすぐに断られると思っていた。

「断らないんだ？」

「断ってもいいのか？」

「ううん」

六花はぶんぶんと首を横に振る。

「年がら年中他人のふりをしているのも、息がつまるだろ」

「……ありがとう」

六花は星雲にお礼を言う。なんだか胸に温かいものが広がった気がした。


六の殿に戻ると、待ちきれない凜花が入口まで出迎えに来た。

「おかえりなさい！　随分と遅かったのね。ふたりだけでこんなに楽しむなんて、わたくし嫉妬してしまうわ」

ぷくっと頬を膨らませて怒る姿が可愛らしい。自分と同じ顔なのにこんなことを思うなんて、不思議なものだ。

「今日は一日自由にさせていただき、ありがとうございました。とてもよい息抜きになりました」

「どういたしまして。楽しんできたみたいでよかったわ」

凜花は顔の前で軽く両手を合わせて朗らかに笑う。

六花はお土産に買ってもらった小皿を取り出す。

「お皿？　お皿なら、ここにもたくさんあるのに」

凜花は不思議そうにその皿を見る。有名な窯元と言っていたけれど、特別高価な品というわけでもない、何の変哲もない皿だ。凜花はどうして六花がそんなものを買ってきたのか、不思議に思ったのだろう。

「初めて町に出た、記念品です」

六花は花が綻ぶような笑みを浮かべた。

◇　◇　◇

一方その頃、星雲は外宮にある宝永殿にいた。

星雲と向き合うのは、彼と同じ年頃、背格好の男だ。

「偽金貨が見つかったらしいね」

「はい。持っていた者を捕らえたのですが、見知らぬ男から金貨一枚を銀貨五十枚で買い取ったと」

「見知らぬ男、からねえ」

星雲の説明に、向き合った男——司礼監の周青藍《せいらん》は手に持っていた金貨をポンと上に投げ、それを空中でパシッと摑む。

「銀貨五十枚は庶民にとって大金です。話を持ちかけられ、田畑を売るなどして金を作ったようです。絶対に贋金だと見破られないと」

「なるほど。だが、そうまでして手に入れた精巧な金貨はたったひとりの娘に贋金だと見破られたというわけだね」

男は愉快そうに笑う。星雲はそんな男を見つめる。

「青藍。先日の火事の事件を解決した際といい、今回の件といい、彼女は博識です。もしかしたら、我々の悩みの種も解決してくれるかもしれません」

それを聞いた青藍は、ふむと考えるように顎に手を当てる。

「たしか、公主様に似た落ち人だと言っていたな？」

「はい。見た目は公主様にそっくりなので今は影をさせていますが、我々の知らない色々なことを知っているのでそれだけでは勿体《もったい》ないかと」

「なるほどな。それは、試してみる価値があるかもしれないね。随分と愉快な落ち人が現れたものだ。そう思わないか、星雲」

青藍はそう言うと、口の端を上げた。

四

◆

後宮の呪術師

転機はいつも、予想しないときに突然やって来る。

六花にとって人生一番の転機は間違いなくあの実験の日に異世界転移してしまったことだろう。そして今、人生で二回目の大きな転機が訪れていると感じた。

「協力といいますと、具体的に私は何を？」

六花は目の前に座る、宦官服をきっちりと着込んだ星雲を見つめる。

「呪術師の呪術がまやかしだと証明してほしい」

「呪術がまやかしだと？」

呪術師とは祥倫国の職業のひとつだ。様々な呪術を使うことができるとされており、その呪術を使って政治を助けるのが彼らの役目だ。

かつて、日本にも陰陽師と呼ばれる摩訶不思議な力を持つとされる人々がいた時代があるし、歴史を振り返ればどの国にも少なからず超人的な能力を持つ人々が権力を振るっていた時代がある。だけど、六花は彼らが本物の呪術を使えるとは思っていない。

しかし――。

「なぜそのようなことをする必要が？」

　中央政府に呪術院という組織があり、これまで上手く国が機能していたのならば、わざわざそれを引っ掻《か》き回す必要はないように思った。

「実は、少し前に現れた呪術師がこれまでとは全く違う呪術を使い始めた。多くの者がかの呪術師は天恵を授かったのだと信じている。その影響力は日に日に強くなっていて、今や無視できない存在になりつつある」

「これまでとは全く違う呪術？　例えば？」

　六花は興味を持って聞き返す。

「これまでの呪術は祈禱をして病を治したり、星や占棒を使って吉凶を占ったりするものが主だった。だが、その呪術師はどんな道を通っても必ず行きたい方向を指し示す神具を編み出した」

「行きたい方向を指し示す神具？　羅針盤のことですか？」

　六花は聞き返す。

　羅針盤とは、方位磁針のことだ。地球の磁力を利用することで、常に南北の方向を指し示すことができる。

「いや、羅針盤ではない。車についている鳳凰《ほうおう》が、常に行くべき方角を向く神具だ」

「へえ、それはとても便利な品ですね」

六花の元の世界でいうところのカーナビのようなものだろうか。この世界にそんなものを作るとは驚きだ。

「陛下はかねてから〝呪術〟の信ぴょう性に疑問を抱いており、呪術師とは一定の距離を置かれていた。だが、その呪術師が神具を生み出したことで、多くの有力者たちがこぞってその呪術師をそばに置こうとし、呪術の重要性を説き始めた。そのため、呪術師の言うことにあまり耳を傾けない陛下に対して、一部貴族から反発の声が上がっている。ついては、かの呪術師の呪術が偽物だという証明がほしい」

「なるほど」

星雲の言いたいことは大体理解できた。しかし、六花は別の世界から来た人間だ。これが元の世界であれば呪術などあるわけがないと笑い飛ばせたが、この世界のことをまだ完全に理解しきれているとは言い難い。

六花は少し迷ってから、口を開く。

「私ではお役に立てるかわかりません」

できないことを「できる」と言って、あとからがっかりさせたくない。

星雲はスッと目を細める。

「そういえば以前、外宮の書物殿に行きたいと言っていたな。もし協力してくれるならば、近日中に書物殿に行けるように融通してやる」

「やっぱりやります！」

即答である。

外宮の書物殿にある記録を見れば、もしかしたら元の世界に帰るための糸口を掴むことができるかもしれない。そんな絶好の機会をみすみす逃すわけにはいかない。

「そう言うと思っていた。では、頼むぞ」

六花の手のひら返しを予想していたかのように、星雲は口の端を上げる。

（腹黒め！）

違うとは思いつつも、こうなることを予想して書物殿に行くことを渋っていたのではないかと思ってしまう。

「ところで、その神具を見ることはできますか？」

「それが、今は難しい。神具は貴重なものだからと、塔氏が自身の屋敷で保管している」

「塔氏？」

「その呪術師の名だ。塔真《しん》という。それで考えたのだが——」

星雲はそこまで言うと一旦言葉を止め、六花を見つめる。

「六花には呪術師になってもらおうと思う」

「は？」

呪術師の呪術がインチキだと証明しろと言われたのに、六花に呪術師になれとはどういうことなのか。六花は星雲の真意を測りかね、彼を見返した。

「それはどうして?」

「誰にも疑われることなく自然な形で呪術師の呪術を見るには、自身が呪術師になるのが一番近道だからだ」

「なるほど。ところで、呪術師とは『自分は呪術を使える』と主張すればすぐになれるものなのですか?」

「呪術師になる方法はふたつだ。ひとつは、現役の呪術師に弟子入りして呪術についての修行を積み推薦してもらうこと。もうひとつは、登用試験で実際に呪術を使っているところを見せて、皇帝より認可を受けることだ」

それを聞き、六花は嫌な予感がした。

「ちなみに、私を弟子入りさせてくださる方は」

「いるわけがないだろう」

「やっぱり!」

薄々そんな気はしていた。皇帝が呪術師と距離を置いており、星雲が皇帝を主としているなら、当然そうなるだろう。

「いたとしても、弟子入りしてから推薦されるまでには最低でも一年かかる。それでは遅すぎる」

「ですよね。ちなみに、呪術とは一体どんなものを見せれば？」

「わからない」

「は？」

「わからないと言ったんだ。もう長いこと、弟子入り以外の方法で呪術師になった者はいない。ずっと前の記録であればあるが」

星雲は胸の前で腕を組み、開き直ったように言う。

「なんでそんなに偉そうなのよ！」

六花は呆れかえり、星雲を睨み付けたのだった。


その晩、六花はなかなか寝付くことができなかった。

（神具なんて本当に存在するのかしら？）

日本にいた際も『三種の神器』という言葉はよく使われていたが、それと同じようなものだろうか。

（問題はどうやって呪術師として認められるか、よね）

あのあと六花は、星雲からさらに詳しく話を聞いた。

その特別な職務故に、呪術師を志す者はまず呪術師に弟子入りするのが普通なのだという。

そして、有力な呪術師に弟子入りすればするほど、早くから一人前の呪術師として認められる確率が上がる。つまり、口利きということだろう。

一方で、呪術を披露して呪術師と認められた最後の記録はもう五十年近く前のことのようだ。神秘の力を宿す〝魔鏡〟を作ったという。

魔鏡とは金属で作られた鏡で、太陽の光をその鏡に反射させると、反射面が平面にもかかわらず裏面に施された図柄が光の陰影によって浮かび上がるというものだ。神秘的な道具として、神事によく使われている。

（でも、魔鏡ってたしか——）

なぜ魔鏡を使うと摩訶不思議な柄が浮かび上がるかは長らく謎に包まれていたが、遂《つい》にその謎が解き明かされたというネット記事を以前読んだ記憶がある。

実は平面に見える鏡面は裏側の柄の模様に応じてわずかに凹凸を帯びており、そこに当たった光は反射する際に陰影がついて、柄が浮かび上がるのだ。

（ってことは、魔鏡は呪術じゃないわよね？）

この世界の魔鏡の実物を見たことはないけれど、恐らく原理は同じだろう。

これらのことを考えると、六花も同じように何かしらの自然原理を使って魔法のような不思議なことをおこせば、呪術師として認められる可能性が高い。

「あーあ。スマホの電源さえ入れれば一発だったんだけどな」

元の世界から持ってきたスマホは既に電池がなくなり、ただの金属の板となり果てた。もしも電池が残っていれば、この世界の人々はさぞかし驚いたに違いない。

(原始的なカメラを作ればいいかな。でも、箱型カメラは撮影に長時間かかるからその場で披露するには向かないし。うーん)

何かいい案はないだろうかと六花は悩む。

すっかり目が覚めてしまったが、起きるにはまだ暗かった。部屋に置かれた行燈《あんどん》に火をともすにも、火箱から火種を取ってこなければならない。

(あー。電灯があればいいのに)

スイッチひとつで部屋の明かりが付いたり消えたりした元の世界の便利さが懐かしい。

そのとき、ふと閃《ひらめ》いた。

(電灯……。そうよ、電球だったらなんとかなるかも！)

人類の明かりの文明は焚き木から始まり、油ランプ、蠟燭《ろうそく》、ガス灯、白熱灯、更にはLED電球へと進化を遂げた。そして一般的に使われている電気を使った電球の原型ができたのは十九世紀頃だ。

(ガラスを加工する技術はあるんだから、やろうと思えばできるはずよね)

実際に電球を自作したことはないが、その原理は知識として知っている。何度か試せば、作ることができるはずだ。

「決めた。私、電球をつくるわ」

上手くいけば、この世界の人々の度肝を抜くことができるだろう。


翌朝、六花は早速準備に取り掛かることにした。

「凜花様。集めたい物があるのですが」

六花は書写をしていた凜花に声を掛ける。

「集めてほしい物？　何？」

「竹、金属を細い紐状にしたもの、強力な磁石、漆、球面ガラスです」

「竹、金属を細い紐状にしたもの、強力な磁石、漆、球面ガラス？　わかったわ。ところで、そんなものを集めて何をするのかしら？」

凜花は興味深げに六花の顔を見つめる。

「星雲様に頼まれた呪術師の件で使おうと思います。とても面白いものをお見せしますので楽しみにしていてください」

六花はにんまりと口の端を上げた。

◇　◇　◇

その日、皇帝との謁見や朝議を行う間がある太光宮《たいこうきゅう》には、多くの貴族が集まっていた。

既に夕方近く、辺りは薄暗くなっている。室内には辺りを照らす灯籠《とうろう》が等間隔に並べられていた。そして、入口から一番奥の二段高くなったところにある精緻な彫刻と螺鈿《らでん》細工《ざいく》が施された玉座に座るのは、祥倫国の現皇帝である舜帝《しゅんてい》だ。

六花は壁に背を添わせて物陰に立ち、厳かな空気が流れる謁見の間の様子を観察した。彼らはなぜ自分たちが呼び出されたのかを聞いていないようで、何かを話している。

ここ連日の試行錯誤の甲斐《かい》あり、六花はなんとか原始的な白熱電球を作り出すことに成功した。既に作成した装置は舜帝の背後に置かれており、電流を流せば点灯する状態になっている。

「皆の者、今宵《こよい》はよく集まってくれた」

舜帝の発声で、臣下たちが一斉に頭《こうべ》を垂れる。舜帝は黄色い生地に赤い竜が刺繍された豪華な衣装を着ており、年齢はまだ三十歳位に見えた。

彼らが頭を上げたタイミングで、舜帝は再び口を開く。

「以前より、朕が呪術師の意見を蔑《ないがし》ろにしているとそなたたちが不満を持っていることは知っている。そこで、朕も重用する呪術師を側に置くことにしようと思う」

臣下一同の顔に驚きの色が浮かぶ。舜帝は今まで、臣下たちが諫言《かんげん》しても特定の呪術師を側に置こうとはしなかった。それどころか、せっかく呪術院が推薦した呪術師たちが何かの吉凶を占っても、その結果を無視することすらあった。

例えば、凶と出たので外遊の道程を変更するように伝えても笑い飛ばし、方角が悪いので室内の家具の配置を変えるように言っても、全く気にせずそのままにしてしまうといった具合だ。

その舜帝が『呪術師を側に置く』と言い出したのだから、彼らが驚くのも無理はなかった。

「恐れながら、側に置くのはどの呪術師になさるおつもりですか？」

一人の臣下がおずおずと問いかける。

先帝もその前の皇帝も、側に置いたのは気に入った一人の呪術師だけだった。その場にいた臣下たちが、固唾を呑んで舜帝の言葉を待つ。

「朕が側に置くのは、塔真を考えている」

塔は最近台頭してきた呪術師で、天啓を得て神具を編み出したとして多くの人々を驚かせた。今最も影響力のある呪術師と言って間違いない。

そのため、もし皇帝が側に置くのであれば塔に違いないと多くの貴族が考え、彼に取り入ろうと画策し、支援してきた。この場にいる臣下たちの中にも塔と懇意にしている者がおり、彼らは喜びがこらえきれず、口元に笑みを湛える。

「それともう一人——」

舜帝がさらに言葉を続けたので、その場がざわっとさざめいた。

通常であれば皇帝付きの呪術師は一人だけ。それが、もう一人いるのだろうかと困惑しているのだ。

「今日この場で生まれる新たな呪術師を朕の呪術師として任命しようと思う」

人々の困惑はますます大きくなる。「今日この場で？」「どういうことだ？」という声が、あちらこちらから漏れだした。

「それでは青藍、説明を」

舜帝は傍らに立つ男——司礼監の周青藍に声を掛ける。青藍は小さく一礼すると、一歩前へ出た。

（青藍？）

六花は目を凝らす。星雲とよく似た男が立っているのが見えた。

（あの人が前に言っていた、星雲様のお兄さんかな）

さすがは双子なだけある。その姿は星雲と瓜二つだ。違うところといえば、星雲は宦官服を着ているが舜帝の隣に立つ男は普通の長裙を着ていることくらいだ。

「実は最近、新たに天啓を受けて呪術の力に目覚めた者が現れた。周家はその者を舜帝に仕える呪術師として推薦する」

広間に大きな声が響き渡る。

「新たに天啓を受けただと？」

「そんなことが？」

またもやその場がさざめいたが、舜帝が静粛を促すように片手を上げると辺りは静まり返る。

「実は、今日この場にその新たな呪術師候補を呼んでいる。今宵はとても面白いものを見せてくれるそうだ。そうだろう？」

舜帝は青藍に問いかける。

「はい。見事な呪術をお見せしましょう。桜」

青藍に名前を呼ばれ、壁際に立つ六花は「はい」と答える。

六花は自分を落ち着かせようと、すーっと深く息を吸い込んでから、コツコツと前に出た。

「では、呪術を見せてみよ」

「はい」

玉座の前に立つ六花を見た人々は一様に驚きの様相を見せた。

「女だと？」

「女だ」

口々に言う声が聞こえてくる。

呪術師はこれまで、男しかいなかった。ところが現れたのは自分の顔を薄布で覆った若い女だったのだから、驚きもひとしおだ。

予想外の人物像に、その場にいた人々が顔を見合わせてひそひそと言葉を交わす。

「どのような呪術を見せてくれるのだ？」

舜帝が興味深げに六花に問いかける。

「これより、天帝の加護が陛下にありますようにと祈りを捧《ささ》げます。もし天帝がそれにお応えいただけるなら、陛下に光が降り注ぐでしょう」

「天帝の加護が？」

「光が降り注ぐ？　そんなことができるわけがない」

六花の言葉にまた、その場にいる人々がざわめく。

天帝とは天を治める帝のことで、天地万物の神とされる絶対的な存在だ。

六花は緊張を落ち着かせるように、もう一度すーっと深く息を吸い、ふうっと吐く。

（大丈夫。何度も試行錯誤して、練習したもの）

六花が作成したのは、原始的な白熱電球だ。最初期の白熱電球のフィラメントは竹軸を炭状にしたものが使われていた。導線には金属を紐状にしたものの周囲に絶縁用に漆を塗り、電球ガラスはガラス細工で有名な領地を持つ田妃に頼んで特別に作ってもらった。そして、電気を作り出すためにはコイル状にした導線と強磁石を用いた。

「陛下の治世が天帝の加護の下、光に満ちたものであることを」

六花は舜帝のほうを向いて天に祈りを捧げるような姿勢を取りつつ、背後からは見えないように手元でこっそりと断線している導線と導線を繋ぎ合わせる。

すると、舜帝の背後に設置していた六花お手製の白熱電球は鈍い光を発した。六花が自宅で使っていた電球に比べるとだいぶ暗いが、灯籠よりははるかに明るい光を放っている。臣下たちから見ると、その様子はまるで舜帝に後光が差しているかのようだろう。

見守る人々が息を呑む。そこかしこから「まさかこんなことが」とか「信じられない」という声が聞こえてきた。

（上手くいったわ）

六花は成功を確信し、口元に弧を描く。

「陛下におかれましては、この先も天下太平の世にお導きくださることと天帝もお喜びでございます」

その場で舜帝に向けて頭を下げると、わあっと周囲から歓声が上がった。そして、パチパチパチと手を叩く音も。

「見事だ。予想以上であった」

「お褒めの言葉、ありがたき幸せにございます」

拍手をしているのは、舜帝その人だった。

「このたびの神業に対して、異議のある者は申し出よ」

舜帝の横に立つ青藍が周囲を見回す。人々は顔を見合わせるばかりで、声を上げる者はいなかった。

もしいたとしても、舜帝が天帝の加護を得たという預言に対して異議など言い出せるはずもない。

「いないようだな」

舜帝はゆっくりと玉座から立ち上がると、自分のほうを見上げて立つ六花を見下ろす。

「まことに摩訶不思議な術だ。まさに呪術と呼ぶにふさわしい。ここに新たな呪術師の誕生を宣言し、そなたを朕の呪術師に任命する」

「ありがたき幸せにございます」

六花はその言葉を聞きながら、もう一度頭を下げた。

太光宮の裏口からこっそりと外に出ると、そこには星雲が待っていた。

「上手く行ったか？」

「うん。ばっちりだよ」

六花は得意げに胸を張る。

「それはよかった。悪いが、新たな呪術師の正体は秘密にしておきたいからこのままこっそり後宮に戻ってくれ。知られると、すり寄ろうとする貴族たちがひっきりなしで対応しきれない」

「ええ。私もそれがいいと思う」

六花は頷く。

落ち人であり凛花付きの女官であり影の公主でもある六花は、ただでさえあまり表に出てはならない存在だ。皇帝付きの呪術師になったなどと知られれば、嫌でも目立ってしまう。

「ひとりで戻れるか？　私も、誰にも気付かれぬうちに使った道具を片付けたい」

「うん、大丈夫」

「暗いから気を付けろよ」

「わかった」

星雲は足早に後宮に向かう六花の後ろ姿を見送ってから、太光宮へと入っていった。

一方の六花は、後宮の入口前で被っていた薄布を取る。

星雲には『大丈夫』と即答したものの、ただでさえ暗い中この薄布のせいで視界が遮られ、いつ転ぶかとひやひやした。

（まあ、顔を見られるわけにいかないから仕方ないんだけど）

六花の顔は凜花と同じだ。いくら化粧でごまかしているとはいえ、顔は知られないに越したことはない。

六花は腰にぶら下げていた玉札——桜六花と書かれたものを後宮の入口を守る衛士《えじ》に見せる。衛士は六花に頭を下げると、「どうぞ」と言って入口を開けた。

「すっかり暗くなっちゃったな」

後宮内の通路には、ぽつんぽつんと灯籠が灯されていた。六花は足早に六の殿へと向かう。

そのとき、前方から集団が歩いてくるのが見えた。

（お妃様だわ）

美しく着飾った女性が女官たちに囲まれて歩いているのが見えた。

あまり人に会いたくなかったのだが、隠れる場所もない。六花はその場で立ち止まり、通路の端に寄ると頭を下げた。

目の前を通り過ぎる人の足が見える。そのとき、ひと際美しい裙を着た人物が六花の前で立ち止まった。

「おや、お前」

六花の胸がドキッと跳ねる。

「顔を見せよ。なぜこのような時間に、外を出歩いている？」

頭上から聞こえる高い声は、妃のものだろう。

六花は目まぐるしく頭を回転させた。どう切り返すのがよいか考え、おずおずと顔を上げる。無理に顔を隠し続けても不審に思われるだけだろうと思ったのだ。

「まあ。公主様？」

目の前の妃――一の殿の主である紅妃《こうひ》は驚いたような顔をした。薄暗いこともあり、彼女は完全に六花のことを凜花だと勘違いしているようだ。公主である凜花が共も連れずに殿舎の外を歩き回っているので驚いたのだろう。

六花は少し逡巡《しゅんじゅん》し、凜花のふりをすることにした。自分は凜花付きの女官だと説明したところで、混乱させるだけだと思ったのだ。

「ごきげんよう、紅妃様」

六花はまっすぐに背筋を伸ばし、にこりと微笑む。

「公主様。こんな時間にどうされたのです？」

紅妃の質問はもっともだった。電気のないこの世界では夜が早い。日が暮れれば人々は殿舎に戻り、外に出ないのが普通だ。

「その……ゆっくりと星を眺めたい気分になりまして」

「星、ですか？」

「はい。周囲が暗いほうがよく見えるので、庭園に行っていたのです」

「まあ、そうでしたか。とても風流ですね」

紅妃は六花のその場しのぎの言い訳をすっかり信じ込んだようで、口元に笑みを浮かべる。

「紅妃様は夜伽《よとぎ》でしょうか」

「ふふっ」

六花の質問に、紅妃ははっきりと答えることなく意味ありげに笑う。だが、その誇らしげな態度が『答えはYESだ』と言っているようなものだ。

「陛下をお待たせするわけにはいきませんので、失礼します」

「はい」

六花はぺこりと頭を下げ、その場を立ち去る。背後を振り返ると、紅妃たち一行が皇帝の住まいである祥内殿に向かって歩いてゆくのが見えた。

(以前は田妃様をよく呼ばれていたようだけど、今は紅妃様なのかしら？)

皇帝の閨を務めた妃は、宦官によって記録される。妃が妊娠した際、その記録を基にいつできて誕生はいつ頃になるかなどを予測するのだ。

だから、星雲に頼めばいつ誰を寝所に呼んだかを知ることもできるのだが、他人の夜の事情をのぞき見する趣味はない。

六の殿に戻った六花は椅子に倒れ込む。

「あー、疲れた!」

大したことはしていないのだが、緊張で精神がすり減った。

「おかえりなさい。その様子は、上手くいったようね」

椅子の背もたれに寄りかかって天井を眺める六花の顔を覗き込んできたのは凛花だ。

六花は慌てて体を起こし、姿勢を正す。

「はい。おかげさまで上手くいきました」

六花は笑顔を見せる。

「凛花様には色々と準備を手伝っていただき、ありがとうございました」

「いいのよ。お兄様のためだし」

凛花は微笑む。

「みんなものすごく驚いていたのではなくて? わたくし、初めてあの呪術を見たときは本当に驚いたわ!」

「はい。皆さんとても驚いておられました」

六花は先ほど、呪術として白熱電球を披露したときのことを思い出す。一番近くにいた臣下に至っては、驚きすぎて口がまん丸に開いていた。

「あー、わたくしも皆が驚くその姿を陰から見物したかったわ。だって、絶対に面白い顔をしているもの」

陰から覗きたい理由を聞き、六花は苦笑した。

六花は部屋の隅に置かれた、がらくたの山を見る。全て、今日披露した白熱電球を試作した際に出たものだ。

（タングステンがあればよかったのだけど）

竹のフィラメントではやはり強度に限界があり、六花が作った白熱電球は短時間で焼き切れてしまう。実用性のあるものを作りたければ、もっと違う材料が必要だ。

「じゃあ、今日から六花はわたくしの影であり、女官であり、呪術師でもあるのね」

「そういうことになりますね」

六花は苦笑する。

なんだか、映画などで時々出てくる、色んな職業の人になりきるスパイにでもなった気分だ。

◇◇◇

六花と凜花は普段、公主と女官の役を交代で行っている。普段から入れ替わっていたほうがいざという時にすぐに対応できるし、周囲から不審がられる確率も減るからだ。

凜花役も段々と板につき、最近では六の殿の女官ですら六花なのか凜花なのかがわからず間違えることがあるほどだ。

この日、六花は美しい襦裙を身に纏っていた。今日は公主になる日だ。

「公主様。そろそろお時間でございます」

部屋にいると、凜花付きの女官から声を掛けられた。今日は、凜花の代わりに燕妃主催のお茶会に参加することになっているのだ。

「わかったわ。凜花様」

六花は女官のふりをしている凜花を呼ぶ。すると、女官用の襦裙を着てわざと地味な顔立ちに化粧した凜花が「はい」という返事と共にひょこりと顔を出す。

「燕妃様から二の殿にお招きいただいたので、今から行って参りますね」

「行ってらっしゃいませ」

すっかり女官のふりが板についた凜花は、自然な所作で頭を下げた。

二の殿には、六花以外にも二人の妃が招かれていた。一の殿の紅妃と、四の殿の朔《さく》妃《ひ》だ。

朔妃は今日集まった妃の中では一番若く、まだ十九歳だという。皇都の西方の地域を監視する役目を負う按察使《あぜち》という職を務める朔家の姫君で、控えめで優しい性格をしている。

「公主様。ようこそいらっしゃいました」

六花の訪問に、三人の妃たちが頭を垂れる。

「お招きいただきありがとうございます」

六花は笑顔で返事すると、空いている椅子に座った。

「今日は、新しい茶葉が手に入ったので皆様にお楽しみになっていただきたくって用意しました。とても珍しい茶葉なのです」

燕妃は機嫌よくそう言うと、片手を上げて自分付きの女官たちに目配せする。すると、ひとりの女官が漆塗りの箱を恭しく燕妃に差し出した。

燕妃はその箱の蓋を開けた。中に入っていたのは、ピンポン玉くらいの大きさの、丸い形をした茶葉だ。

「あら。茶葉が丸いなんて面白いわ」

紅妃は興味深げにその茶葉を見つめる。朔妃も特に口には出さないものの、視線は茶葉に釘付《くぎづ》けだった。

燕妃はその丸い茶葉を、湯の沸いた器へと入れる。すると、丸い茶葉はゆっくりと開き、やがて花が咲いたように広がった。

(工芸茶ね)

以前、友人とお洒落《しゃれ》なお店にお茶をしに行った際に一度だけ見たことがある。そのときは、透明のポットの中に同じような茶葉が入っており、時間と共に花が咲く様子が楽しめた。

「まあ、すごいわ!」

紅妃は目を丸くして、開いた茶葉をまじまじと眺める。

「これは呪術師が作ったもの?」

「いいえ。わたくしの実家の領地にいる茶葉職人が作ったものです。呪術みたいで面白いでしょう? 味もとてもまろやかでいいのです」

燕妃は機嫌よく茶器に茶を注ぐ。ふわりと花の香りが鼻孔をくすぐった。

「美味しいです。呪術師でなくても、こんな不思議な茶葉が作れるのですね」

一口飲んで、しみじみとそう言ったのは朔妃だ。

「そういえば、父より陛下が側置きの呪術師を指名されたと聞きました。ひとりはかの有名な塔氏のようですが、もうひとりは突然現れた者だとか——」

突然自分の話題になり、六花はドキッとする。他の妃もこの話題には興味があったようで、すぐに食いついた。

「なんでも、天帝の言葉を聞きその場が光り輝いたとか」

「わたくしの侍女は『天から光の道が延びた』と聞いたそうよ」

わいわいと盛り上がっているが、どちらも微妙に事実と違っている。思わず訂正したい衝動に駆られたが、六花は必死に我慢する。

天から光の道、に関してはどうしてそんな尾ひれが付いたのか不思議でならない。

（そういえば、塔っていう呪術師にはいつになったら会えるんだろう）

六花が呪術師になってから既に二週間が経っているが、未だに塔という呪術師には会えないし、彼の作った神具を見ることもできない。

「――どう思いますか、公主様？」

ふいに呼びかけられ、ハッとする。

「え？」

「だから、その新しい呪術師と塔氏のどちらがより強力な呪術師だと思いますか？」

三人の妃たちは、六花の答えを待つようにじっとこちらを見つめている。どうやら、考え事をしているうちに話が進んでいたようだ。

「私にはわかりかねます。どちらの呪術師も、お兄様の力になってくだされればよいと思っています」

考えうる限り、最も無難であろう答えを返す。すると、紅妃は少し不満そうな顔をした。

「わたくしは絶対に塔氏のほうが優れた呪術師だと思うわ。だって、突然現れただなんて、胡散臭《うさんくさ》いことこの上ないわ」

それは至極尤もな意見だ。六花が紅妃の立場だったとしても、突然現れた呪術師など〝胡散臭い〟としか思わなかっただろう。

「それに新しい呪術師の方、若い女性らしいの。もしかしたら、陛下の手が付くのを狙っている貴族が差し向けた女かもしれないわ」

「まあ！　確かに、それはあり得るわね」

今のいままでその可能性には気付いていなかったようで、朔妃は口元に手を当てる。

「わたくし、次の夜伽の際は陛下に『気を付けてくださいませ』とお伝えしようと思います。燕妃様と朔妃様もそうしていただくのがよいかと。公主様も何卒《なにとぞ》、陛下にお伝えくださいませ」

紅妃に乞うように見つめられ、六花は『なるほどな』と思った。

彼女たちからすると、呪術師であろうとなんであろうと、皇帝に近づく女はすべからく敵なのだ。祥倫国では皇帝が手を付けて万が一身ごもれば、身分のない女でもたちまち皇子、皇女の母として妃の一員になれるのだから。

（だからこの顔ぶれなのね）

六花は納得した気分で彼女たちの顔を眺める。

誰が皇后になるかわからない中でお互いをけん制しあっている妃たちは普段、必要以上には交流しようとしない。

それなのに今日は燕妃が主催で他の妃を招いたお茶会を開くというのでどういう風の吹き回しだろうかと不思議だったのだが、ようやく腑《ふ》に落ちた。〝陛下の側に侍る女呪術師〟という共通の敵ができたことで、お互いに結束を強めてその招かれざる妃候補を排除しようと画策しているのだ。

「なんでも、薄絹で顔を隠しているそうです。おそらく、あまり見せられる顔ではないのよ」

「もしかして、呪術師どころか狐の妖かもしれないわ。陛下を誘惑して国を傾けようと企んでいるのかも」

「まあ、大変！」

六花が黙っている間も、妃たちは口々に自分たちの想像を語り出す。

本人を目の前にして――まあ、彼女たちはその事実を知らないわけだが――言いたい放題だ。

（やっぱ後宮って怖いところだわ）

この世で一番恐ろしいのは呪術でも妖でもなく、女の嫉妬なのではないだろうかと、六花は苦笑したのだった。

五・偽りの神具

祥倫国は四季がはっきりとした気候だ。日に日に秋が深まる今日この頃、日によっては着込んでも底冷えする寒さが身を包む。

「寒っ」

例年であれば、暖房の効いた部屋でぬくぬくと過ごしているのに。火鉢や温石《おんじゃく》はあるものの、寒いことに変わりはない。

「炭を足しておこうかな」

六花は火鉢の中を棒で突いて今残っている量を確かめてから、炭を追加してゆく。真っ黒だった炭が赤くなるに伴い、室内の暖かさがほんのりと増す。

「ようやく温かくなった」

六花は手を火鉢にかざし、暖を取る。

そのとき、トトトッと廊下を走るような音が外から聞こえてきた。挨拶もなく、ガラッと部屋の引き戸が開かれる。

「六花！」

顔をのぞかせたのは、いつになく嬉しそうな顔をした凜花だった。その背後には、星雲もいる。

「凜花様に星雲様。随分と嬉しそうですが、どうかなされましたか？」

「聞いて！　今年は久しぶりに香月宮《かげつきゅう》に行くらしいの！」

凜花は目をキラキラさせ、喜べと言わんばかりに六花に告げる。だが、香月宮がなんなのか知らない六花にはピンとこない。

（香月宮なんて名前の殿舎、あったかしら？）

反応の薄い六花の様子に、凜花は頰を膨らませた。

「もう！　もっと喜んで！」

「はあ。……ところで、香月宮とはなんですか？」

六花に聞かれ、凜花は「あら、そうだったわ」と口元に手を当てる。肝心の香月宮がなんなのかの説明をしていないことに、ようやく気付いたようだ。

「香月宮は皇帝陛下のために用意された保養施設だ。皇都より南に進んだ林陽《りんよう》という地域にある」

星雲が説明する。

「とても素敵な離宮なの！　林陽には湯泉があって、年間を通して温かい湯が湧いているのよ。わたくし、小さな頃にときどき連れて行ってもらったのを覚えているわ」

凜花も興奮気味に補足してきた。

彼女によると皇都の南――林陽には万病に効くと有名な温泉地があり、どんなに疲れた旅人もその湯に浸《つ》かればたちまち疲れが吹き飛ぶと言われているそうだ。

都から馬車で一日かければ行けることもあり、多くの貴族が別荘を構えている。そして、皇帝の別荘――香月宮もそこ、林陽に構えられているらしい。

「なるほど。林陽にある離宮ですか」

つまり、皇帝所有の別荘に遊びに行くことになったということのようだ。そしてその離宮は、凜花にとって思い出の地のようだ。

「それはよかったですね」

六花はにこりと微笑む。

「六花も絶対に気に入ってくれると思うわ。でも、その前に大仕事があるわね」

「大仕事？　そうなのですか？」

それは初耳だ。星雲のほうを見ると、彼は凜花の言葉を肯定するように頷いた。

「林陽の香月宮には皇帝陛下を始めとして、後宮の妃たちや凜花様も同行する。その際の出発の日付や通る道は、呪術師が占うんだ」

「呪術師が？」

出発の日付に通る道。そんなもの占えるはずがない。六花が判断できることは、せいぜい極端に狭い山道や海沿いの道を避けることぐらいだ。

「どうやって占うのでしょうか？」

「呪術院が用意した占棒をふたつに割り、断面の形状や割れ方で占う」

「……その占い、やる意味あるんですか？」

思わず本音が口から漏れる。

滑らかな割れ目だったら吉、そうではなければ凶らしい。なんともばかげた主張で、六花には全く相容れない。

「陛下が呪術師を側に置かれて初めての遠出だ。周囲に『きちんと呪術師の言うことに耳を傾けている』と示すには絶好の機会だ」

「そんなもんですかね」

六花はふうっと息を吐く。

なんてバカバカしい茶番なのだろう。けれど、その茶番に意味があると信じている人が事実としており、彼らは大真面目にそれらの呪術の結果に耳を傾けているのだから不思議なものだ。

「ところで、行く時期はいつ頃の予定なのですか？」

六花は尋ねる。

「来月だ。一週間程度、皇都の後宮を留守にすることになる。そのつもりで準備しておいてくれ」

「わかりました」

六花は頷く。

「ふふっ、六花がいてくれて嬉しいわ。だって、きっとお兄様の妃たちの退屈なお茶会に呼ばれてばっかりで、ちっとも香月宮を満喫できないもの」

凜花はうんざりしたように両手を天井に向ける。

「凜花様は、今も後宮にいらっしゃるたったひとりの陛下の妹君でございますから。凜花様に取り入れば自分がより寵愛を得られる可能性が上がるとでも思っているのでしょう」

「上がるわけがないじゃない。お兄様とわたくし、滅多に会うことないわよ？」

凜花が口を尖らせる。その様子を見て、六花はくすくすと笑ったのだった。

「ところで六花。今日の午後は空いているか？」

話が一段落したところで、星雲が六花に尋ねる。

「今日の午後ですか？」

六花はちらりと凜花を見る。

六花は基本的に公主——すなわち凜花の影として過ごすか、凜花付きの女官として過ごすかの二択だ。ちなみに、今日は凜花の格好をしている。だから、六花に予定が入るとすればそれは全て凜花絡みの用事になる。

「今日は特に何も予定はないわ」

凜花が答える。

「ちょうどよかった。以前、外宮の書物殿に行きたいと言っていただろう？　今日はどうだろう？」

「え？　行きます、行きたいです！」

六花は目を輝かせる。

外宮の書物殿は後宮内にあるそれよりもずっと蔵書数が多い。もしかしたら、落ち人が帰る方法のヒントが載っている書物もあるかもしれない。

かなり前から一度行ってみたいと思っていたのだが、残念ながら機会に恵まれず未だに行ったことがない。

「凜花様。行ってきてもよろしいでしょうか？」

「もちろんよ」

凜花が頷いたので、六花は笑顔を見せる。

「ありがとうございます！」

「では、昼餉が終わったら私のところに来てくれ」

「はい。わかりました」

六花はしっかりと頷いたのだった。

昼餉後、六花は少しわくわくした気分で星雲の元に向かった。

「玉札は持ったな？」

「もちろんです」

六花は腰にぶら下げている板を見せるように手に持つ。

「よし。では、行こうか」

星雲に連れられて向かった先にあったのは大きな建物だ。中央に両開きの扉があり、そこを開けると机と椅子が並べられた閲覧室になっている。そして、閲覧室の奥にはもうひとつ扉がありその前には司書官が座っていた。

星雲は迷うことなく奥の扉の前まで行くと、司書官に声を掛ける。

「公主様が書物の閲覧をご所望だ」

司書官は六花の顔を見て驚いた顔をしたが、すぐに手慣れた様子で玉札を確認する。

その後星雲の玉札も同様に確認し、一礼してから書庫の扉を開けた。

「日光で資料が灼けるのを避けるために、窓に日よけを付けております。内部は薄暗いですので足元にお気をつけて」

「ええ、ありがとう」

司書官に説明された六花は頷き、書庫へと入る。最初に感じたのは、外よりひんやりとした空気とすんと香る墨の匂いだ。

事前に聞いていた通り後宮にある書物室よりもずっと大きく、内部は小学校の教室程度の大きさの部屋に分かれていた。星雲によると、各部屋で所蔵されている書物のジャンルが違うそうだ。

それぞれの部屋の前には何を所蔵しているのかの案内が置かれていた。例えば一番目の部屋は歴史や政治に関する書物、二番目の部屋は所謂《いわゆる》『物語』と呼ばれる書物、といった具合だ。

六花は五番目の部屋の前で立ち止まる。立てかけられた看板には『神事／呪術』と書いてあった。

（落ち人に関することは、呪術かな？）

確信は持てないが、不思議な現象であるという意味では呪術が一番近い気がする。

「星雲。私はこの部屋で探し物をしたい」

「かしこまりました。私はそちらの部屋で探し物をしていても？」

星雲が指さしたのは一番目の部屋だった。

「もちろんよ。じゃあ、あとで」

六花は頷くと、ひとり五番目の部屋に入る。

部屋の中には、背の高い書棚がずらりと並んでいた。随分と古いものもあるようで、奥のほうはほとんどが竹簡だ。紙の技術が生まれる前の時代のものなのだろう。

(ここから欲しい資料を探すのは至難の業だわ)

ひとつひとつの書物の内容がデータベースになっているわけでもなければ、背表紙が付いていない書物も多いので中身を見てみないと内容の予測すらつかない。

六花はなんとなく目に付いた巻物を手に取り室内にあった簡易机で広げる。

「違うわね」

巻物に書かれていたのは、以前行われた神事の際の記録だった。どうやら、舜帝が即位した際に行われたもののようだ。

「うーん、じゃあこっちは……」

六花は少し離れた場所から、竹簡を取り出す。同じように簡易机で広げるが、そこに書かれていたのは呪術院の人事に関する情報だった。呪術師になるための条件や推薦方法が記載されており、端的に言うと現役の呪術師の門下に入るか、一定の身分を有した者の推薦を受けて呪術師登用試験を突破するかの二択のようだ。以前、星雲から聞いた情報と一致している。

これはこれで興味深いが、六花が今求めている〝落ち人〟の情報ではない。

六花は少し移動して先ほどとは別の書棚を眺める。

「ん?」

ほんの僅かながら、違和感を覚えた。書棚に整然と並べられた書物の一部が、出っ張っていたのだ。ちょうど、隣の書物を取り出した際に一緒に前にずれてしまったのを戻さなかったような状態だ。

（誰かが最近、読んだのかな？）

六花は興味を覚えてその書物を手に取る。

「あ、これ……」

中を見た瞬間、胸が高鳴るのを感じた。

そこには確かに〝落ち人〟という単語が見えたのだ。

六花はページを捲《めく》る。そこには、記録がないほどの昔から落ち人と呼ばれる人々の存在が確認されていたと書いてあった。彼らはなんの前触れもなく、祥倫国とは違う世界から現れる。そして、例外なくこの世界に瓜二つの人間がいるとも書かれていた。

まだ情報が更新されていないようで、六花や藤村のことは記載されていない。

「一番最近の落ち人は十八年前なのね」

十八年前の落ち人は、当時まだ八歳だったと書かれていた。まだ親に甘えたい年頃だろうに、突然この世界に転移してどんなに心細かっただろうと胸が押し潰されるような思いだ。彼が名乗ったという名前も記載されていたが、当然六花は知らない人だった。

（十八年前の当時が八歳なら、今は二十六歳ってことね）

二十歳の六花より少し年上だ。

今彼はどこで何をしているのだろうと気になったが、それについては記載がなかった。

そのとき、かつかつと足音が近づくのが聞こえた。部屋に誰かが入ってくる気配がして六花はハッとした。

「星雲？」

六花は書物を一旦棚に戻し、ひょいっと書棚の脇から通路を見る。

（違う。星雲様じゃない）

そこにいたのは、官吏たちがよく着ている紺色の長裙を着た男性だった。ひとつ通常の官吏と違うことは、顔を薄絹で隠していることだ。

一方、その人は部屋の中に人がいるとは思っていなかったようで、驚いたように肩を揺らした。

「え。さな――」

（さな？）

何を言おうとしているのかと六花は彼を見つめる。

そのとき、入口の方から「公主様」と呼ぶ別の声がした。星雲だ。

「探し物は見つかりましたか？　そろそろ時間が――」

「あ、そうなのね。じゃあ、続きはまた今度にするわ」

男は頭を垂れると、通路を空けるように端に寄った。

六花は星雲のほうに走り寄る。星雲は通路の端に立つ男をちらりと見た。

「塔殿も何か探し物ですか？」

「ええ、少し。もうすぐ香月宮へのご訪問もありますから」

男はそう答えると、「では、失礼します」と再び頭を下げて部屋の奥へと消えた。

六花は星雲と共に、書物殿をあとにする。ほとんど時間が経っていない気がしたけれど、いつの間にか空は夕焼けに染まり始めていた。落ち人に関する書物を探すのに、手間どってしまったようだ。

「忙しいのに、時間を取らせてしまってごめん」

「構わない。他の者に任せるわけにもいかないし、そういう約束だからな」

星雲は首を横に振る。

（こういうところ、律儀だよねー）

六花は星雲の横顔を窺い見る。この世界に迷い込んだ六花を助け、面倒を見ていることからもわかるが、彼は普段ぶっきらぼうなところがあるが、根は親切だし優しい。

星雲は六花の視線に気付いたようで、視線を彼女に向ける。

「どうした？」

「え、ううん。なんでもない」

「そうか。……先ほど、書物殿に薄絹で顔を隠した男がいただろう？」

「うん、いたね」

「あれが例の呪術師だ。塔真という名だ。数ヵ月前に突然頭角を現し始め、今や呪術師としての絶対的な立場を築いている」

「へえ……」

自身が呪術師ならば、神事や呪術を扱う書物が集まるあの部屋に用事があったのも頷ける。

「あの人はなんで顔を隠しているの？」

「なんでも、事故で顔に醜い傷を負ったらしい。俺も見たことはないが」

「顔に醜い傷……」

どんな傷なのかはわからないが、あんな薄絹で常時顔を隠しているなんて、よっぽど見られたくない傷なのだろう。

「ちょうどそれが、数ヵ月前だ。それと時を同じくして、急に呪術師として台頭してきた」

「数ヵ月前に呪術師になったってこと？」

「いや、違う。もっとずっと前だ」

　星雲は首を横に振る。

「へえ。それは不思議ね。どうして急に台頭してきたのかしら？」

「理由はわからない。ただ、事故により犠牲を払うことでより強力な呪術の力を授かったのではないかと噂されていた」

「ほう」

　それはなんとも非科学的な理論だ。

　そんなことができるなら、呪術師は全員、死ぬ目にあえばより強力になれることになる。六花としては全くもって納得できない。元の世界でも歴史を紐解くと多くの生《いけ》贄《にえ》の記録が残っていたので、同じような感覚なのかもしれない。

「とにかく、あの男は六花と同じく陛下の側に付くことを許された、今最も政界に影響力のある呪術師だ」

「ええ。わかった」

　六花は頷く。薄絹を被った独特の見た目――それに関しては六花も人のことを言えないが――をしているので、次に会ってもすぐにわかるだろう。偶然だが、舜帝付きの呪術師がふたりとも薄絹を被った奇妙な格好をしていて、なんだかおかしくなる。

「あ。そういえば、さっき書物殿で資料を見ていたらこれまでの落ち人の記録が載ったものを見つけたの。最後の人は十八年前なんだって。星雲様は知っていた？」

会話が一段落したところで、六花は別の話題を振る。

「ああ、知っている」

「八歳でこの世界に来たみたいだから、今二十六歳でしょ。今、どこで何しているんだろうね」

「…………」

「もしかして、既に元の世界に戻っているってことはないかな？」

「それはない」

「なんでそんなにはっきりと断言できるのよ」

六花は星雲の横顔を見上げ、口を尖らせる。こっちはなんとかして元の世界に戻る糸口を摑みたいと必死なのに、少しは気付かいというものができないのだろうか。

「その落ち人は、もう亡くなった」

「え？　そうなの⁉」

六花は思わぬ情報に驚いた。しかし、この世界は六花の元いた世界に比べると医療技術が格段に劣る。薬の本を読んでいたときに〝処女の経血を混ぜた長寿薬〟なるものを見つけたときは、卒倒するかと思った。

だから、何かの病気や怪我がきっかけでぽっくりと亡くなってしまうことも日常茶飯事なのだろう。今のところ六花は健康体だが、絶対に病気にはなりたくないと思った。

「そっかー。残念だな。もし生きていたら、元の世界に戻る方法を知らないかって聞けたのに」

「元の世界に戻る方法を知っていたら、既にこの世界にいないのでは？」

「あ。それもそうだね。うーん……でも、もしかしたらこの世界が大好きで、帰り方は知っているけれど自分で残るって選択をする可能性もあるじゃない？」

「どうだろうな」

全く話に乗ってこない星雲を見上げ、六花は頬を膨らませたのだった。

◇　◇　◇

厳かな空気が室内を包む。

この日、太光宮では香月宮訪問について、呪術師が占うことになっていた。皇帝と多くの貴族たちが見守る中、人々の視線の先にいるのは六花と塔のふたりだ。六花は日程について、塔は往復の経路について占うことになっている。

六花は目の前にある木の棒を手に持つと、両端を握り、強く力を入れる。割り箸程度の太さしかない棒は、ボキッと音を立ててふたつに折れた。

「陛下の出立の日におかれましては、予定通り五日後の朝で吉と出ております」

六花は折れた棒を両手に握り、大きな声で宣言する。すると、周囲の人々から「おお」「よかった」と安堵《あんど》の声が漏れた。

（うっ。仕方がないとはいえ、心苦しいわ）

呪術を行う際は呪術院の用意した棒を折って割れ目を見て占う。

星雲からは確かにそう聞いていたが、六花は本当にその通りであることに驚いた。

少しは何か、特別な判断方法があると思っていたのだ。

呪術の知識など何一つない六花は事前に星雲と話し、どういう占い結果にするか打ち合わせた。そして、事前に用意した台詞《せりふ》を一言一句違《たが》わず述べた。なので、六花の占術は完全なるやらせだ。

それなのに、ありがたい言葉を得たかのように六花を拝む者までいて、騙していることに申し訳なさを感じてしまう。

占いを終えた六花が一歩下がると、今度は塔が前に出た。塔は新しい棒を一本手に取りそれを両手で折る。バキッと音を鳴らし折れたそれは、一部が繋がったままの中途半端な折れ方をした。

塔はその棒を眺め、スーッと息を吐く。

「陛下におかれましては、往復の道中もつつがなくご移動が可能かと存じます」

塔の言葉に、その場にいる人々が安堵の息を吐く。そのとき、塔が再び口を開いた。

「ただ、お妃様におかれましては薄らと凶相が出ております。もしかして何か事故に巻き込まれる可能性があるため、お気をつけたほうがよいかと」

塔の言葉を聞き、その場がざわっとする。

「なんだと!?」

「お妃様が事故に？」

舜帝の五人の妃は、皆祥倫国の有力貴族の娘たちだ。この場にも多くの親族がいるため、動揺も大きいのだろう。

「陛下。いかがなさいますか？」

舜帝に判断を仰いだのは、彼の隣に立つ司礼監の青藍だ。舜帝はしばし考えるように黙り込んでから、おもむろに口を開く。

「塔よ、どの妃に凶相が出ているかはわかるのか？」

「そこまではわかりかねます」

その返事を聞き、舜帝はふむと頷く。

「それは困ったな。どうするべきか」

見た目は全く困っている風には見えない表情で、舜帝は言う。

「では、こうしようか。香月宮に行くかどうかは、妃たちの判断に任せることとする」

ざわっとその場がさざめく。今の舜帝の発言は、妃の誰かに何かがあったとしてもそれは彼女たちの責任だと言っているように聞こえた。

(陛下は思った以上に、したたかで冷徹なお方なのかも)

彼らの様子を眺めながら、六花はそんなことを思ったのだった。

◇　◇　◇

豪華な馬車が何台も続き、その周囲を馬に乗った武官たちが警備に当たる。

舜帝の香月宮での保養に当たっては、いつもより厳重な警備体制が敷かれた。塔が占術で、妃が事故に巻き込まれる可能性があると言ったからだ。

「無礼者。これは紅妃様の馬車であらせられるぞ」

少し甲高い声が聞こえ、六花はそちらを見る。御者の手違いにより紅妃と田妃の馬車の順番が逆になっており、それを紅妃付きの女官が叱責しているようだった。

(面倒くさい……)

六花はその様子を眺めながら、内心でため息をつく。

皇后がおらず全員が同じ〝妃〟という位置付けになっている以上、彼女たちに表向きの身分の違いはない。しかし、最近の舜帝のお気に入りが紅妃であるため、暗黙の了解として紅妃を立てなければならないというルールがあるようだ。

御者は慌てて謝罪すると、馬車の順番を入れ替えていた。

「六花。何をしているの？　そろそろ乗って」

声を掛けられて、女官に扮《ふん》した六花は振り返る。美しく着飾った凜花が前方の馬車を指さしていた。公主である凜花の馬車が前にいることは、皆気にならないようだ。きっと、皇后争いに無関係だからだろう。

「星雲様は？」

「星雲は後ろのほうの馬車に、他の従者たちと一緒に乗っていると思うわ」

六花は馬車の後方を見る。数十台連なる馬車の列は、壮観だ。生憎姿は見えないが、あの中のどれかに乗っているのだろう。

「さあ、わたくしたちも乗りましょう」

「はい」

凜花が先に馬車に乗ったので、六花も続いて同じ馬車に乗り込んだ。ふと後ろが気になり、窓から顔を出して見る。

「どうしたの？」

「紅妃様と田妃様の馬車の順序は結局どうなったのかと思いまして——。今日は、女の世界の恐ろしさを実感しました」

「女の世界の恐ろしさ？」

凜花は目を瞬かせ、ぷっと噴き出した。

「あんなの日常茶飯事よ？」

「凜花様が妃でなく公主であったことを心から感謝しています」

「まあ！」

凜花はくすくすと笑うが、あの女の戦いの場に入ることはとても六花にはできそうにない。茶会などで一対一で話す際は何も感じないが、妃同士でかち合うと途端に蛇の睨みあいのごとく熾烈《しれつ》な戦いが始まる。

（女の戦いか……）

後宮では古来より、皇帝の寵愛を得ようと女たちが鎬《しのぎ》を削ってきた。中には他の妃や、自分以外から産まれた皇子たちを殺そうと試みた哀れな女たちもいたという。

そういった観点からすれば、まだ祥倫国の後宮は平和なのかもしれない。

「凜花様」

「何？」

六花の呼びかけに、窓の外を眺めていた凜花が振り返る。

「ずっと気になっていて、教えていただきたいことがあります。私は凜花様の影ですが、実際に影が必要になることなどあるのですか？　その……祥倫国はとても平和な国に見えるので、不思議に思いまして」

これは、かなり前から心の中で思っていたことだった。六花は凜花と交代で公主の役目をしているが、これまで身の危険を感じたことは一度もない。だから、本当は凜花は影など置く必要がないのではないかと思ったのだ。

「今が平穏だからずっとそれが続くとは限らない。だからわたくしたち皇族は皆、影を置くの。万が一のためにね。だから、もしも六花がこの役目を辞めると言い出しても、次の誰かが影になる」

凜花ははっきりと言い切る。

「そうなのですね……」

その万が一は一体どういうときに来るのか想像がつかないが、六花は頷く。

「でも、万が一のときもわたくしと星雲が全力で六花を守るようにするから安心して。まあ、そんなことは一生起こらないのが一番なのだけどね」

凜花はそう言うと、ふふっと笑う。

「それに、六花をわたくしの影にしているのは六花のためでもあるのよ」

「私の？」

「ええ。六花はわたくしに似すぎている。利用されて足元を揺るがす存在になると判断されれば、お兄様は容赦しないわ」

それを聞き、ぞくっと背筋が凍る。

六花は公主である凜花と瓜二つ。万が一にも悪意ある者たちに利用されれば、舜帝の足元を揺るがす存在になる。そうなった場合、舜帝は容赦なく六花という存在自体をこの世から消し去るだろうと言っているのだ。

「色々と考えて助けてくださっていたのですね。ありがとうございます」

「どういたしまして。でも、わたくしは六花が影になってくれてとても嬉しいのよ？だって、毎日楽しいもの」

凜花はそう言うと、六花の不安を消し去るように朗らかに笑った。

林陽には、途中にある御史府などで適宜休憩を取りながら向かった。

数十台を超える車列に護衛のための武官も同行しているので、一行の人数はとても多い。そのため、全員同時に休憩に入ることができず自然と馬車はいくつかの集団に分かれていった。

「六花。大丈夫か？」

途中の休憩地で馬車から降りた六花に話しかけてきたのは、星雲だ。

「大丈夫とは？」

「こんな長距離を馬車で移動するのは初めてだろう？」

問いかけられて初めて、星雲が六花自身のことを心配してくれているのだと気付く。

「はい、大丈夫です。ただ、腰が痛くなりそうですね。温泉に浸かりがいがありそうです」

「ははっ、そうだな」

星雲は笑う。そのとき、「もし。お茶はいかがですか？」と呼びかける女性の声がした。

水色と紺の襦裙を着た若い女は、ここの御史府で働いている女官のようだ。手に茶器が載ったお盆を持っており、皆に茶を振る舞っている。

「ありがとう。いただこうか」

星雲はにこりと微笑むと、茶碗をひとつ受け取る。

その女官は星雲に微笑みかけられ、ほんのりと頰を染めた。茶を注ぐとうっとりと星雲の横顔を見つめており、六花の中にもやもやしたものが広がる。

（ん？）

どうしてもやもやするのだろうと自分の気持ちが摑み切れず、六花は自分の胸に手を当てる。

すると、それに気付いた星雲が「どうした？」と聞いてきた。

「なんとなくこの辺がおかしいような……」

「乗り物酔いか？」

心配そうに六花の顔を覗き込んできた星雲は、おもむろに彼女の額に手を当てる。

ふと、先ほど凜花から聞いたことを思い出す。

（私がここに来た当初から、どうやったら私を守れるかを考えて影になれって提案してくれたのかな？）

ただ単に六花が凜花に似ているからという理由だけだと思っていた。

凜花と星雲は、六花が思っている以上に六花を守るために陰で頭を悩ませ、色々と尽力してくれていたのかもしれない。

「熱はないな。このあとは少し寝ていろ」

「うん、ありがとう」

六花は頷き、馬車に戻る。

「あともう一度休憩を挟んだら到着するわよ」

凜花に笑顔で告げられ、あともう少しだとホッとする。

六花は、座ったまま目を閉じる。なんだか、さっきから顔が熱い。

（星雲様の言う通り、乗り物酔いかもしれない）

少し寝れば、いつもの通り元気になるはずだ。

◇　◇　◇

香月宮は、皇都にある宮城を小さくしたような造りをしていた。ただ、〝小さくした〟と言っても立派なことに変わりはなく、端から端まで歩いて十分近くかかる広さがある。

そして、敷地内には大小様々な建物があった。

皇都の宮城と決定的に違うのは、温泉専用の建物があることだろうか。

「懐かしいわ。あとで一緒に温泉に行きましょうね」

凜花が辺りを見回しながら、六花に話しかける。

「一緒はまずいのではないでしょうか。その……化粧が落ちると顔が同じになってしまいます」

「あら、そういえばそうだったわ。残念ね。部屋に温泉があればよかったのに」

凜花が不満げに唇を尖らせたので、六花はくすくすと笑う。

その日の夕餉は、全員が集まっての宴だった。六花は凜花付きの女官として、その場に同席した。

大広間の端に立ち、部屋の中を見渡す。

最も奥のひとつ高くなった位置には舜帝が座っており、その左には紅妃が座っている。紅妃の隣には田妃、その隣は朔妃だ。皇帝を挟んで反対側には、燕妃、宋妃《そうひ》、その隣には星雲がいた。

(宋妃様って、一度もお話ししたことがないな)

宋妃は祥倫国の軍事を司《つかさど》る将軍家の娘なのだが、母が病に倒れて喪中のためにながらく殿舎に籠っていた。最近ようやく喪が明け、公式の場にも出てくるようになったのだ。

宴会が始まると、女官たちが次々と食べ物を運び込み、酒を注ぐ。六花も酒器を持ち、酒を注いでまわった。

普段と違う場所にいるせいか、皆がどことなく浮き立っていた。そこかしこから笑い声が漏れる。

手配していた美しい舞女たちが舞を踊り、楽団が燕楽《えんらく》を奏でる。琵琶《びわ》の演奏に合わせてゆっくりだった動きは徐々に早まり、妖艶さを増した。

「ねえ。さっきからあの舞女ってば、あからさまだと思わない？」

「え？」

すぐ近くにいた女官仲間に声を掛けられ、六花は目を瞬かせる。女官は舜帝たちのいる方向を視線で指した。

「どう見ても星雲様を誘っているわよね」

「そうでしょうか？」

「そうよ。まあ、星雲様は宦官とは思えない体格の良さだから、普通の男だと勘違いしていても仕方はないけど」

六花は改めて星雲たちのほうを見た。

確かに、舞女のひとりがチラチラと星雲を見つめているように見える。舞女は宴にいる臣下に気に入られれば、そのまま夜を共にすることもある。あの舞女は星雲に対して、それを誘っているのだろう。

当の本人である星雲はすまし顔で隣にいる官吏と喋っており、全く反応していないが。

「あの様子じゃ相手にされてなさそうね。女官の中にも星雲様が来るって聞いて浮き立っている子、結構いるの」

「星雲様、宦官ですよ？」

「あら。体の繋がりだけが愛の形じゃないでしょう？　気にしない子も多いのよ。それに、香月宮の近くには月光池《げっこういけ》もあるし」

女官は囁《ささや》くように言うと、いたずらっ子のように目を細める。

（体の繋がりだけが愛の形じゃない？）

言われてみればその通りだ。

ただ、星雲が自分や凜花以外の女性と親しくしているなんて今まで想像したことすらなかった。

（なんか、やだ）

もやもやする気持ちが湧き上がる。

「あの……、月光池って？」

「あ。六花はまだ女官になって日が浅いものね。月光池はね――」

女官が説明を始めようとしたとき、少し離れた席で「酒を」と叫ぶ声がした。六花の隣にいた女官は慌てたように「ただいま」と返事する。

「このお酒は飲みやすいけど結構強いから、勧められても飲みすぎないように気をつけてね」

去り際に女官は、内緒話をするように囁いた。

踊り終えた舞女は各々、武官や官吏たちの元に行くと、酌をし始めた。妃たちを前に舜王の隣に行く者はさすがにいないが、毎年のことなのか凜花や妃たちもその行動を気にしている様子はない。

「お酒をどうぞ」

星雲の隣に、ひと際美しい女が座った。

先ほどの舞では中央で踊っていた彼女は、今日の踊りの主役ともいえるような人物だ。

（あ、まただ）

六花は自分の胸に手を当てる。もやもやとしたわだかまりが胸の奥底に生まれる。

「おい。酒を注いでくれ」

「あ、はい」

ちょうど目の前にいた武官に盃《さかずき》を差し出され、六花は慌てて持っていた酒器から酌をする。ふと、赤ら顔の武官がにやにやしながら自分を見つめていることに気付いた。

「お前、どこの女官だ？　このあと、俺の部屋に来い」

言われた意味を理解して、六花は顔を強張らせる。部屋に来いとは即ち、夜の相手をしろと言っているのだ。

「恐れ入りますが、私は公主様付きの女官です。そのような役目はできかねます」

「公主様？　あの出戻りか」

「なっ！」

六花は驚いて、絶句する。

（出戻り？）

つまり、一度結婚して後宮を出たのにまた戻ってきたということだろうか。

(ちっとも知らなかった)

凜花も六の殿の女官も、もちろん星雲もそんなことは一言も言っていなかったから。

しかし、凜花の年齢を考えると〝出戻り〟と聞いて納得する自分もいる。

(でも……それが本当だとしても、酷い!)

こんな人がいる場で凜花のことを侮辱《ぶじょく》するような発言をするなんて無神経にもほどがある。

「お言葉をお慎みください。私は公主様にお仕えしています」

六花はキッとその男を睨み付ける。

「公主など放っておけばいい。俺を誰だと思っている。陛下をお守りする――」

酔っぱらった男は断られたことが気に入らなかったのか、目を据わらせて六花の手首を掴む。

(まずいわ。どうしよう)

この手を振り払って赤ら顔を引っぱたいてやりたいところだが、そんなことをすれば凜花に迷惑がかかるかもしれない。それに、相手は屈強な武官だ。殴られでもしたら、六花の骨は簡単に折れるだろう。

六花は視線をさ迷わせ、凜花を探す。しかし、彼女の姿は見当たらなかった。

そのとき、「その女官は無理ですね。私と先約がありますので」と声がした。いつの間に移動してきたのか、口元に薄らと笑みを浮かべた星雲がすぐ近くにいた。

「先約？　周殿が？」

武官は訝しげに星雲を睨み付ける。

「宦官のあなたが女官と先約など、見え透いた嘘を」

「嘘ではありません。宦官であっても色々と楽しむ方法はあるのですよ。ご存じないのなら、教えて差し上げましょうか？」

暗に、夜の手管が足りていないのでは？　と言われた武官は「なっ！」とますます顔を赤くする。もはや、酔いで赤いのか怒りで赤いのか区別がつかないほどだ。

「ということで、彼女は私が予約済みです。お手を触れないように」

星雲は武官から六花の手を奪い取ると、その体を力強く抱き寄せた。ドキッと胸が跳ねる。

「興が冷めた。勝手にしろ！」

武官は憤慨して立ち上がる。

そのまま立ち去ろうとしたとき、「待て」と低い声が聞こえた。

「さきほど、聞き捨てならない言葉が聞こえた気がするな。我が妹を愚弄するような言葉を吐くとは、どういうつもりだ」

舜王の低い声に、賑わっていた宴会場がシーンと静まり返る。武官は先ほどの自分の失言にようやく気付いたようで、サーッと顔を青くした。

「公主様を愚弄するなど……そのようなつもりは」

「ほう。〝出戻り〟が愚弄の言葉でないならば、一体なんだと？」

落ち着いた低い声は、かえって凄《すご》みを感じた。明確な怒りを灯した瞳に見つめられ、武官は「それは」と口ごもる。

「宴席の場ですので、暗い話にならないように――」

ガシンッと鈍い音が鳴る。武官のすぐ横の辺りに、短剣が突き刺さった。舜帝が自身の懐刀を投げつけたのだ。

「どうかお許しを」

武官は跪《ひざまず》き、額を床に擦《こす》り付けて謝罪する。舜帝は立ち上がって武官の前に立つと、冷徹な眼差《まなざ》しで見下ろした。

「顔を上げろ」

「はっ」

許してもらえたのかと安堵の色を浮かべた武官が顔を上げたその瞬間、「ぐあっ」と呻《うめ》くような悲鳴が上がる。舜帝が武官の顎を、思い切り蹴り上げたのだ。

木製の靴は硬い。口の中が切れたのか、武官の口の端からたらりと血が滴り落ち、折れた歯がころころと床を転がった。

「輿がそがれたのは朕のほうだ。誰か、この男を連れてゆき見張っておけ。部屋から出ることは許さん」

「陛下、お許しを」

懇願する武官を、周囲の武官が連れてゆく。

その後ろ姿を、六花は呆然と見送る。

「大丈夫か？」

「大丈夫です。ありがとうございます」

六花は星雲にぺこりと頭を下げる。

後宮には普段、皇帝と宦官、それに医官しか男がいない。ああいう無粋な人に会うことがないので、今になって恐怖が込み上げる。

それに、舜帝の彼に対する態度も現代で多くの時間を過ごした六花には衝撃的で、少なからずショックを受けた。彼はまさに皇帝であり、この場の絶対的な権力者なのだと理解する。

「震えているじゃないか」

「あ」

自分の指先が震えていることに、星雲から指摘されて初めて気付いた。六花は震えを抑えようと、ぎゅっと指先を握りこむ。

「もう終わるから、そろそろ戻れ」

「でも……」

凜花に無断で自分が戻ってしまっていいのだろうか。

逡巡する六花に、星雲は「いいから」という。

「ありがとうございます」

六花は小さくお辞儀をすると、その場をあとにした。

宴席から滞在する部屋に戻るとすぐ、血相を変えた凜花が訪ねてきた。

「ごめんなさい、わたくしがあの場に居なかったばっかりに。怖い目にあったらしいわね」

「いえ、大丈夫です」

六花は微笑み、ふるふると首を振る。凜花は酔いを醒《さ》まそうと夜風に当たるために外に出ていたようで、舜帝が武官を叱責しだしてようやく騒ぎに気付いたようだ。

「むしろ、凜花様がいらっしゃらなくてよかったです。聞かなくてもよい言葉を聞かせずに済んだから」

「まあ！」

凜花は六花の隣に座ると、おもむろに口を開いた。

「びっくりしたでしょ。出戻りだなんて」

「……聞こえていたのですか？」

「お兄様が言っているのが聞こえたわ」

凜花が力なく笑う。

凜花は六花と同じ、二十歳だ。祥倫国では大体十五、六歳で嫁ぐのが平均的で、この年齢まで公主が後宮に残っているのは異例だ。明確に聞いたことはなかったが、何かしらの理由があるのだろうとは思った。

「恥ずかしいことを知られてしまったわ」

「恥ずかしくありません。私の元いた世界では、結婚した男女の三割が離婚していました」

「そんなに？」

凜花は目をまん丸にする。祥倫国では死別以外で離縁することなど滅多にないから、文化の違いに驚いたようだ。

「わたくしね、嫁いだ先で子供ができなかったの。十五で嫁いでから三回妊娠して、三回とも子供はお腹の中で儚くなってしまったわ。そのうち体調もどんどん悪くなってきて――。そうしたら、ある日突然呪術師たちが、わたくしには穢れが溜まっていて縁起が悪い。この婚姻は速やかに解消するべきだと――」

凜花は膝の上で手をぎゅっと握り、唇を嚙《か》み締める。

六花はその様子を見て、やるせない気持ちになった。六花はまだ妊娠したことはおろか、結婚したこともない。けれど、お腹にいる子供は、さぞかし愛《いと》おしい存在だろうと思った。絶望のどん底に突き落とされるような体験を三度もして、更にそれに追い打ちをかけられるなんて、かける言葉が見つからない。

「あとから判明したのだけど、わたくし、ゆっくりと効いてゆく遅効性の毒を毎日少しずつ飲まされていたの。子供が流れてしまったのは、そのせいみたい。犯人は、元夫のことを一方的に好きになった女使用人。勝手に好きになって、拗《こじ》らせて、わたくしの子供はどこかに行ってしまった。お兄様は大層怒って、その女は一族郎党が処刑されたわ」

「……大変でしたね。前の旦那様とは、連絡を取っていないのですか?」

六花は尋ねる。

「全然。だって、彼はもう別の方と結婚しているもの。実は、次の方も妊娠したのに子供がお腹で死んでしまったの。それに、体調がどんどん悪くなって。それでさすがにおかしいと調べたら、女使用人が自白したってわけ」

「そうだったのですね。つらいことをお話しさせてしまい、申し訳ありません」

六花は凜花に頭を下げる。

「ううん、大丈夫」

凜花は、すっくと立ちあがる。

「さてと。そろそろ温泉に行こうかしら。六花も早めに行ったほうがいいわよ。とってもいいお湯なんだから」

「はい。もう少し夜が更けてから、いただきに参ります」

行きの馬車で女の闘いが恐ろしいとぼやいた六花に対し、凜花はあんなのは日常茶飯事だと言った。そういう毒を飲まされるという体験をしたからこそ、そう思ったのかもしれないと思った。

六花は凜花に、様子を見に来てくれたことに対してのお礼を言う。

それと同時に、いつか彼女も幸せな家庭を築くことができればいいなと願った。


温泉地らしく、夜風に乗ってほのかに硫黄の香りがする。

「あー。いいお風呂だった」

温泉に入り終えた六花は、いそいそと自室へと向かう。深夜に訪れた浴場は、六花しか人がいなかった。人に会いたくないのでそれを狙って遅い時間にしたのだけれど、目論見《もくろみ》通り貸し切り状態で大満足だ。

公主としての凜花は、常に美しい化粧を施している。だから六花の素顔を見たところで恐らく誰も公主だとは思わないとは思いつつも、念のため素顔はあまり見られたくないのが本音だ。

六花は足早に、湯殿から部屋へと向かう。

そのとき、ふと辺りがやけに明るいことに気付いた。

（あ、月だわ）

今夜は十三夜だろうか。

香月宮の入口近くにある小さな庭園から、六花は夜空にぽっかりと浮かぶ月を見上げる。ほぼ真円に近い形をしているが、僅かに欠けているように見えた。

ぼんやりと見上げていると、玉砂利を踏む音が聞こえた。

「六花？」

背後から話しかけられ、六花は振り返る。

「星雲様？　こんな時間にどうされたのですか？」

そこにいたのは、長い髪の毛を無造作に肩に垂らした星雲だった。着ている服も、いつもよりラフな長衣で、その上に綿入りの防寒着を羽織っている。

「湯殿に行っていた。六花こそ、こんな時間にどうした？」

「私も湯殿に行っていました。その……あまり人に会いたくなくて」

「ああ、なるほどな」

星雲はなぜ六花が人目を避けるのかすぐに理由を理解したようで、小さく頷く。

(星雲様は、どうしてこんな時間にお風呂に行ったんだろう?)

既に、真夜中と言っていいような時間だ。この世界は電灯がないので夜が早い。

六花が後宮で過ごした感覚だと、大体夜の八時くらいには皆床につき、朝は日が昇るのと同時に活動を始めるのだ。

「何か、やらなければならない雑務が溜まっていたの?」

「いや、そういうわけではない」

星雲は首を横に振る。

「どうだった? 万病に効くと言われる湯の感想は」

「気持ちよかったですよ」

「それはよかった」

星雲は表情をやわらげると、六花の持っている手拭いをひょいっと取る。

「きちんと拭かないと風邪をひくぞ」

「え? ちょっ、大丈夫だよ」

星雲がごしごしと六花の髪を拭き始めたので、彼女は慌てた。こんなこと、幼いときに両親にやってもらったのが最後だ。

「なに、遠慮するな。それとも、照れているのか?」

「照れてない!」

なんとなく悔しくて言い返すと、星雲はくっと笑う。

「冷えるからこれを上から着ておけ」

ばさっと何かを渡されたと思ったら、中に綿の入った防寒着だった。

「え? でも、これを私が借りたら星雲様が――」

「俺は大丈夫だ」

星雲は笑ってそう言うと、周囲を見回す。

「立ち止まって、何をしていたんだ?」

「月を眺めていたの」

「月?」

「うん。綺麗だったから」

星雲は夜空を見上げ、そこに浮かぶ月を見て目を細めた。

「もうすぐ満月だな」

「そうだね」

ふと、元の世界のことを思い出す。

「私の元いた場所では、月の黒っぽい部分は餅を搗《つ》いているうさぎの姿なんだって言われたの」

「うさぎ？」

　星雲は怪訝な顔をする。

「うん。迷信なんだけど、昔の人はそう信じていたの。本当は、何もない荒野なんですって」

「荒野？」

「うん、そう。岩と石だらけの草ひとつ生えない荒野」

「どうしてそんなことがわかるんだ？」

「宇宙船……専用の乗り物で人が見に行ったから」

「乗り物で人が見に行く？　月に？」

　星雲はとても驚いた様子だ。

「六花の元いた世界はすごいな」

「うん、すごいでしょ。呪術師はいなかったけれど、呪術みたいなことが日常に溢《あふ》れていたよ」

「例えば？」

「うーん。今ここにいない人の姿を見ながら会話をしたり、ボタンを押すだけで火を熾したり、色々。前にも話したけど、呪術のように見えるものは大抵が自然科学で理由を証明できるんだよ」

「へえ」

星雲は感心したように相槌を打つと、月を見上げる。

「では、月が満ち欠けするのはなぜだ?」

「それは、月自体の影が暗く見えて、まるで欠けているように見えるから」

そこまで喋り、六花は口を閉ざす。科学技術があまり発展していないこの世界でそんなことを言っても、おかしな奴《やつ》だと思われてしまうだけだと思ったのだ。

「そうか。あれは影か」

星雲は月を眺めて呟く。

「おかしなことを言うって、笑わないの?」

「いや。六花の話は面白い」

「そっか」

そんなふうに優しく笑うなんて反則だ。

「本当に、今夜は月がきれいだな」

「そうだね」

ふと、文豪が訳したという一節が脳裏に思い浮かぶ。星雲がそれを知る由もないが。

「そういえば、月光池ってなに?」

「月光池？」

　星雲は聞き返す。

「香月宮の少し先にある、池の名前だ」

「ただの池？」

「ああ。なぜそんなことを？」

「ううん、なんでもない。ちょっと耳にしたから気になっただけ」

　宴会の際の女官の言い方だと何か意味のある場所のように聞こえたのだが、気のせいだったのかもしれない。

「誰かに、そこに誘われたか？」

「え？　ううん。違うけど？」

　なぜそんなことを聞くのだろう。きょとんとした顔で首を傾げると、星雲は「そうか」とどこかホッとしたような顔をする。

「そういえば、あのあと宴はつつがなく終了しましたか？」

「宴？　ああ。あのあとしばらくして陛下も部屋に戻られたから、すぐに解散した」

「そうですか」

「武官は無礼かつ乱暴な者も多い。気を付けろ」

「うん、気を付ける」

そして、くすっと笑う。

「なんか私、星雲様に助けられてばっかりだね。この世界に来たときもそうだし、町に連れて行ってもらったときもそうだし、今日もだし」

「笑い事じゃない。俺の仕事を増やすな」

星雲は眉根を寄せる。

その様子がおかしくて、六花はまた笑ったのだった。

◇◇◇

香月宮は凜花の言っていた通り、のんびりとした素敵な場所だった。いつもと違う場所で散歩をするだけで、気分が変わりリフレッシュできる。ここにいる間は妃たちもお互いをけん制しあう様子はなく、穏やかに過ごしているように見えた。

そしてこの日、六花は凜花の影として妃たちとの茶会に参加していた。

ふわっと青茶のよい香りが鼻孔をくすぐる。

一口飲むと、お茶のもつ本来の甘みと、独特の苦みが口の中に広がった。

「ねえ、皆様ご存じ？　ここの近くにある池に真夜中に訪問して祈りを捧げると、願い事が叶《かな》うんですって」

内緒話をするように言ったのは、田妃だ。長いまつ毛に彩られた大きな目を瞬かせ、その場にいる六花と朔妃、それに宋妃の顔を順番に見つめる。

「願い事？　それは、どのような願いでも叶うのかしら」

宋妃が興味を持った様子で聞き返す。

「わたくしの侍女が聞いた話では、特に制限はないみたいですけど。なんでも、月が美しく見える日の深夜にその池の湖畔で祈りを捧げるとか」

「へえ、面白いわね」

宋妃は興味深げに頷く。一方の朔妃は、不安そうに眉尻を下げる。

「夜中に外を出歩くなど、危ないのではないでしょうか？　物の怪がでるかもしれません」

　この世界では物の怪、すなわち妖などの人ならざる悪《あ》しきものは、日が沈んだ夜間に現れると信じられている。その中でも、最も闇が深くなる深夜は一番彼らが活発になる時間だと考えられていた。

「もし行かれるなら、呪術師に魔よけの祈禱をしてもらうのがよいかと思います。今回の旅には呪術師も同行しているそうですので」

　朔妃は真剣な顔で、田妃と宋妃に告げる。

「公主様もそう思いますでしょう？」

突然朔妃に話を振られ、六花は「え？　そうですね」と咄嗟にごまかす。

ぼんやりしていて、あまり真剣に聞いていなかった。

ただ、祈りを捧げると願いが叶うとか、呪術師が魔よけの祈禱をするとか言っていたのが聞こえた気がした。

なんというか、どこから突っ込めばいいのかわからない。多分その噂、根も葉もない出鱈目《でたらめ》ですよ、と言いたい気持ちを六花は必死に抑える。

（願掛けねえ）

異世界のスピリチュアルスポットは一体どんなところなのだろうと少し興味がわく一方で、そんなことで願いが叶ったら世の中みんな苦労しないよね、と妙に冷静な自分がいる。

「呪術師といえば、塔様が作った神具は本当にすごかったわ。わたくし、行く途中に休憩のたびに確認したのだけれど、鳳凰は常に南を向いていたわ」

そう言ったのは田妃だ。

「え？　神具がここにあるのですか？」

六花は興味を持って、田妃に問いかける。

実は、六花は例の神具をまだ一度も見たことがないのだ。

「わたくしの乗っていた馬車についているわ。金貨五枚で作らせたの」

田妃が答える。

（金貨五枚！）

六花は心の中で叫ぶ。金貨五枚と言えば、庶民の年収十年分を超えるような大金だ。

「それ、見せていただけないでしょうか？」

こんな絶好のチャンス、逃すわけにはいかない。

「ええ、もちろんですわ」

田妃は得意げに頷いた。


田妃に連れられて向かったのは、香月宮の入口近くにある馬車置き場だった。今回の移動で使ったたくさんの馬車が、横一列にずらりと並んでいる。

「こちらよ」

得意げに田妃が指さした馬車には、木製の鳳凰が付いていた。この鳳凰が、常に目的地の方角を指し示すのだという。

（見た目はただの鳳凰だけど……どういう構造なんだろう）

六花はその鳳凰を模した神具をじっくりと観察する。以前、星雲はこの神具のことを『羅針盤ではない』と言っていたが、たしかに磁石は使われていないように見えた。

（あ。ここの繋ぎ目が外れそう）

ふと目に入った、鳳凰の足元の板に繋ぎ目を見つけた。六花は田妃から見えないように、こっそりと板を外す。すると、中に複数の歯車が見えた。

（え？　これって……）

六花は隙間から見えるその歯車たちを見つめながら呆然とする。

常に方向を指し示す神具。しかし、その正体はどこからどう見ても、指南車《しなんしゃ》だった。

指南車とは、古代中国で発明された『必ず一方向を向く道具』だ。回転する左右の車輪の回転速度を差動歯車という装置で調整し、上に乗っている人形が常に一定の方向を向くようにできる。

「いかがですか、公主様」

「あ、思ったよりもずっと小さくて驚きました。鳳凰があることで馬車が豪華に見えて素敵ですね」

六花は咄嗟に、取り繕った褒め言葉を並べる。田妃は六花の態度に何も疑問を覚えなかったようで、「そうでございましょう」と嬉しそうだ。

「公主様も是非、頼んで作ってもらうとよいかと思います。とても便利ですよ」

「ええ、そうですね」

六花は曖昧に微笑み、その場をやり過ごしたのだった。

部屋に戻ったあとも、六花はどうにも腑に落ちない気分だった。

(なんで指南車が方向を告げる神具ってことになっているの?)

指南車は現代科学で説明できる、れっきとした機械だ。

色々考えたが、理由はわからない。明らかにわかることはただ一つだけ——この指南車を作った塔は、最初からこれは神具などではないと知っていたはずだ。

「以前、書物室で科学技術に関する書物も読んだけど——」

六花はかすかに残る記憶を探る。

色々と記載はあったが、指南車の技術については載っていなかったように思う。原理を知っていれば簡単な仕組みなのだが、ゼロからあれを作るのは至難の業だろう。

「六花。ただいま」

元気よく帰ってきたのは、六花のふりをしてお忍びのお出かけをしていた凜花だ。背後には星雲もいる。両親と行った思い出の地を回りたいと凜花が言い出したので、星雲がそれに付き合ったのだ。

「お帰りなさい。楽しめましたか?」

「ええ、とても。ここから馬車で少し行ったところに素敵な滝があって、とても綺麗なの。その滝の近くにある団子屋さんも以前とちっとも変わっていなくて——。帰る前に、六花も一緒に行きましょう?」

「ええ、是非」

六花は微笑んで頷く。しかし、凜花はそんな六花の顔を見てわずかに眉根を寄せた。

「六花、疲れている？　もしかして、今日わたくしの代わりに出たお茶会で何か言われた？」

心配そうに顔を覗き込まれて、六花は慌てて「そんなことはありません」と首を横に振る。

（いけない。凜花様に心配かけちゃった）

自分ではいつもと同じように振る舞っているつもりなのだが、隠しきれていなかったようだ。

「実は、どうにも解せないことがあって」

「解せないこと？」

凜花は六花の話を聞こうと、椅子に座って姿勢を正す。

「はい。本日、田妃様に例の、呪術師の塔氏が作ったという神具を見せていただいたのです」

「ああ、あれ！　なんでも、道を曲がっても正しい方向を常に指し続けるらしいわね。紅妃様と燕妃様も作らせているようよ」

凜花はずいっと身を乗り出す。

「はい。確かにそのような品でした。しかし、あれは神具ではございません。ただの、機械です」

「機械？」

凜花が首を傾げる。

「自然の摂理を利用して作った便利な道具ということです。かの道具——指南車に、呪術は使われておりません」

「まあ！」

「それは本当か？」

六花の言葉を聞き、凜花と星雲がほぼ同時に身を乗り出す。

「ええ。でも、同時にわからないこともあって。どうして塔氏は、呪術ではないと自分でわかっていることを呪術だなんて言うのでしょう？　そんなことをする理由がわかりません。それに、指南車を作る知識をどこから得たのか」

六花の疑問に、凜花と星雲は顔を見合わせる。

「うーん。元々呪術師だし、そのまま呪術師として身を立てたかったから呪術ってことにしたのではないかしら？　知識は、試行錯誤しているうちに思いついたのよ、きっと」

「そうでしょうか……」

凜花の推測に、六花は同意しかねた。

指南車には差動歯車という機構が使われているが、数ミリの調整誤差で性能が著しく落ちるので精密さが求められる。さらに、差動歯車の原理は日常生活を過ごしていたらある日突然思いつくようなものではない。ある一定以上の基礎知識がないと無理だと思った。

(でも、そんな基礎知識をどこから?)

それらの基礎知識を、この世界の一般的な教育で習得できるとは到底思えない。

六花は自分の胸の内に、判然としないものが広がるのを感じた。

「ところで、田妃様とのお茶会では一体どんなお話をしたの?」

今度は、凜花が六花に尋ねる。

「えーっと、先ほど話した指南車の話ですとか、月光池の話も出ました」

「月光池? あそこ、綺麗なのよね。ずっと前に行ったんだけど、池に月の影が映ってとても綺麗なの」

「へえ、そうなんですか?」

ただ単にスピリチュアルスポットとして有名なのかと思っていたが、景色も美しいようだ。

(行ってみたいけど、ひとりじゃ危ないよね)

凜花を誘うのはもっと危ないし、行くのは無理そうだ。

◇　◇　◇

その翌日のこと。

まだ薄暗い早朝、六花は馬車置き場へと向かった。もう一度、神具を実際に見てみたいと思ったのだ。

(あれ？　誰かいる)

六花はおやっと思って目を凝らす。胡服を着た男性が、田妃の馬車の前で何かをしていた。気付かれないようにそーっと近づく。

「何をしているの？」

一メートルくらいの距離から声を掛けると、男は「うわっ」と声を上げる。振り返った男の顔を見て、六花は驚いた。

「藤村君!?」

「真田さん!?」

ふたりはほぼ同時に驚きの声を上げる。

(どうしてこんなところに藤村君が？)

六花の疑問は、聞くまでもなく彼が口を開く。

「実は、馬の面倒や馬車の手入れをする下働きをしているんだ」

「あ、そうだったんだ」

六花は納得する。確かに以前会ったとき、藤村は仕事について口ごもっていた。馬の世話や馬車の手入れをする下働きは身分が高いとは言えない。だからあのときも、言いたがらなかったのだろうと思った。

「真田さんはなんでこんなところに？」

「以前、後宮で女官をしているって言ったでしょう？　実は私、公主様付きなの」

「公主様付き？」

藤村が目を眇める。

「うん、そう。それで、公主様に同行して香月宮にも来ることになって」

六花はここに来ることになった流れを、簡単に説明する。

藤村は静かに耳を傾けていたが、話の切りの良いところで口を開く。

「なるほど。でも、女官ってこんなに朝早くから仕事なの？　大変だね」

「え？」

「だって、まだみんな寝ているよ？」

藤村の疑問は尤もだった。まだ早朝で薄暗く、辺りを静寂が包んでいる。女官が外で活動を始めるには、少々早い。

「実はね、馬車につけられている神具を見にきたの」

「神具？」

藤村の肩がぴくりと動く。

「うん。藤村君は、これを作ったのが呪術師だって知ってる？」

六花は鳳凰の彫刻を指さす。

「噂では聞いたことあるけど。すごい呪術師が作ったって」

「でもね、これって神具じゃないのよ。ほらっ」

六花は昨日のように、鳳凰の足元の板を外す。前回と同じように、いくつもの歯車が中に見えた。

「指南車。だから、塔っていう呪術師は、本当は神具なんて作ってない。問題は、どうして彼がこの機構を思いついたかよ」

「……考えているうちに偶然思いついたんじゃないの？」

「うーん。そうかなあ」

六花は腕を組む。藤村の推測は、凛花と同じだ。

偶然思いつく。絶対にありえないかと言われればそうではないが、可能性が極めて低いことは間違いない。

「なんでそんなことを、真田さんが嗅ぎまわっているの？」

「え？」

嗅ぎまわっている、という言い方に少し違和感を覚えたものの、藤村が疑問に思うのも無理はないだろう。しかし、六花が呪術師をしていることは今のところ秘密だ。

「僕はそれを言うなら、もうひとりの呪術師のほうが怪しいと思うけど。桜っていう呪術師。真田さんは、その呪術師について何か知っている？　どうやら、若い女性らしいんだよね。それに、桜って偶然だけど、公主様と同じ姓だなって思って」

探るような目で見られ、ドキッとした。

（もしかして、気付かれている？）

なんとなくそんな気がしたが、本当のことを明かすわけにはいかない。六花は「へえ、そうなんだ。知らなかった」と会話を軽く流す。

「それより、藤村君にまた会えてよかった。帰る方法って何かわかったりした？」

「ううん。真田さんは？」

「私も全然。書物殿に行って調べたんだけど、なかなかいい情報は見つからないの」

「そっか。仕方がないね。僕は月光池に行って帰りたいとでも願うぐらいしか思いつかないな」

藤本は肩をすくめて見せる。

「月光池？」

「うん。あそこ、真夜中に行って願い事をすると叶うっていう噂があるらしいから」

「なるほど」

つまりは、願掛けぐらいしか思いつかないということか。

「一緒に行く？」

「え？」

「一緒に行って、帰れますようにってお願いしない？」

「うん、行く！」

お願いしたところでその願いが叶うわけではないが、また藤村と会える約束をできるなら悪くない。

ちょうどそのとき、コケコッコーと鶏の鳴き声が聞こえてきた。

「じゃあ、最終日の深夜零時。月光池の畔《ほとり》に大きな岩があるから、その上で」

「最終日の深夜零時に月光池の畔にある岩の上ね。わかった」

「じゃあ、僕はそろそろ戻るから」

「うん、またね！」

六花は藤本に手を振って別れると、もう一度指南車の観察をする。鳳凰の下の板を外すと現れる歯車機構は、何度見てもただの機械にしか見えなかった。

◇◇◇

長いようで短かった香月宮での生活も、明日でおしまいだ。

六花はいそいそと、凜花の帰り支度をする。

「よし終わった！」

持ってきた荷物は全部詰めて、忘れ物もないはず。あとは明日、馬車に乗って帰るだけだ。

「あっという間だったわね」

「本当にそうですね。凜花様がおっしゃる通り、とても素敵なところでした」

「そうでしょう」

大好きな場所を六花に褒められて、凜花は嬉しそうだ。

「ここに来る前は、塔氏が不吉な予言をしたから心配していたのだけど、何もなくてよかった」

「そうですね」

出発前の占術で、塔は妃の誰かが事故に巻き込まれる可能性があると言った。そのため舜帝は、この旅行を自由参加とした。蓋を開けてみれば結局すべての妃が参加したわけだが、今のところ何も起きていない。

このあとは帰るだけなので、大きなトラブルもないはずだ。


その日の晩、六花はいつものように深夜に温泉に行った。

（これで温泉も入り納めか）

皇都にも温泉が湧いていればいいのに。そう思わずにはいられない。

（さてと。そろそろ月光池に向かわないと）

事前に行き方を調べたものの、早めに行かないと待ち合わせの時間に遅れてしまう。

そのとき、「六花」と背後から名前を呼ばれ、六花は振り返る。

そこには、いつかのようにラフな格好をした星雲がいた。

「星雲様。お風呂ですか？」

「ああ」

星雲はそれだけ答えると、六花が持っている手ぬぐいをひょいと取り上げる。今回もまた、頭をゴシゴシと拭かれた。

「髪はきちんと拭けと言っただろう」

「拭いているよ」

「拭き足りない。風邪をひく」

眉根を寄せる星雲を見て、六花はぷっと噴き出す。

(星雲様ってお父さんみたい)

どことなく、面倒見の良かった父を思い出す。

「今夜で最後ですね」

「そうだな」

「今から、月光池に行こうかと思って」

「今から？　月光池にひとりで？」

星雲は口にはしないものの、「危ないだろう」と言いたげだ。

「実は、藤村君と約束しているの。今夜零時に月光池で待ち合わせようって」

「藤村とは確か、六花と同じ世界から来たという男だったな？」

星雲は考えるように顎に手を当ててから、六花のほうを見る。どうしたのだろうと、六花は小首を傾げた。

「俺も行こう」

「え？　いいの？」

「ああ。暗いし、六花ひとりでは危なっかしいからな」

「……ありがとう」

星雲には何度も助けられた前科があるから、そんなことないよとは言い切れなかった。それに、道順は調べたとはいえ、夜道をひとり歩くのは不安だ。正直、星雲が一緒に来てくれるととても心強い。

星雲は六花の考えていることを察したのか、くすっと笑って手を差し出した。

「さあ、行こうか」

月光池は、香月宮を出て歩いて五分ほどの場所にあった。

月明かりに照らされ、大きな池がぼんやりと見える。池というから小さいのだと思ったら、一周何キロもありそうな大きな湖だった。広い湖面は月明かりを浴びてキラキラときらめき、中央には大きな月が浮かんでいる。

六花は目の前に広がる幻想的な景色を見つめる。

「綺麗なところだね」

「ああ。それで、もうひとりの落ち人とはどこで待ち合わせを？」

「えっと、畔に大きな岩があるからその上でって」

「大きな岩の上？　こんな時間に上って足を滑らせたら、大変だぞ」

眉根を寄せた星雲が視線を投げた先には、たしかに大きな岩があった。想像よりも二回りくらい大きく、上るだけで大変そうだ。上部を見たが、人の気配はない。

「まだ来ていないなら、下で待ったらどうだ？」

「うん、そうだね」

六花は大人しく星雲の言う通りにして、大きな岩の下に広がる砂利の上に座る。しばらくしてカサッと背後から音がした気がした。ハッとして振り返ったが、誰もいない。

(動物かな?)

六花は気を取り直して、藤村が来るのを待つ。

(藤村君、来ないな。星雲様がいてくれてよかった)

時間だけが過ぎてゆく。もしこんな場所にひとりぼっちでいたら寂しくて不安でいっぱいだっただろう。

「来ないな」

「……うん」

これ以上ここで待っても、きっと彼は来ない。そんな気がした。

「星雲様、変なことに付き合わせちゃってごめん」

「いや、いい。付いてきてよかった」

そう言うと、星雲は月を見上げる。

「願い事はしたか?」

星雲に尋ねられ、六花は「ううん」と答える。

「そうか。晴れた月夜にここに来ることはそうそうないだろうから、願っておくといい。叶うかもしれない」

「元の世界に帰りたいっていう願いでも？」

「六花がそれを望んでいるなら、そう願うといい」

「……うん」

もし元の世界に戻ったら、もう星雲や凜花とは二度と会えなくなる。六花は横にいる星雲の横顔を窺い見る。六花の視線に気付いた星雲は、目が合うとふっと表情を和らげた。

(寂しいから、やだな)

本当に元の世界に帰りたいのか、自分で自分がわからなくなる。

最初はあんなに帰りたいとばかり思っていたのに、あまりそう思わなくなったのはいつからだろう。

「星雲様は、何を願ったの？」

「俺か？　……六花の願い事が叶いますようにと」

「え？　本当に？　ありがとう」

思ってもみなかった願い事に、じわじわと頬に熱が集まる。

六花はちらりと、隣にいる星雲を窺い見る。

「また町に遊びにいけますように」

「随分と小さな夢だな」

星雲が呆れたように六花を見返す。

「別にいいの！」

六花はぷいっとそっぽを向く。背後でくすっと笑う気配がした。

「また連れていく」

耳元で、そう囁かれた。

◇　◇　◇

翌日、六花たちは予定通り香月宮を出立した。

馬車は順調に道を進む。道中は爽やかな晴れだ。

（これなら夕方前に後宮に着くかも）

車窓からの景色を眺めながら、六花は思う。

（それにしても、藤村君どうしちゃったんだろう）

月光池から戻ったあとも六花は藤村の姿を探したが、結局会うことはできなかった。

星雲が今回の同行者リストを全て調べてくれたのだが、〝藤村〟という名は見当たらなかったという。きっと、もっと祥倫国で一般的な偽名を使っているのだろう。

先ほども馬車の隊列に藤村の姿がないか目を凝らしたが、生憎見つけられなかった。

考え事をしていると、時間が経つのは早い。

いつの間にか、馬車は最後の休憩場所に到着していた。女官たちに振舞われたお茶を飲み一息つく。その時、六花は周囲がなにやら騒がしいことに気付いた。騒ぎの中心には、星雲の姿もある。彼は、今回の旅に同行した武官や御史府の者たちと深刻そうな顔をして話し込んでいた。

(どうしたんだろう)

六花は不思議に思う。

「星雲様、何かあったんですか？」

「田妃様が、行方不明だ。前の休憩所にもいらしていないようだ」

「田妃様が!?」

六花は驚いた。移動する人数が多いから自然といくつかの集団に分かれているのは仕方がないとしても、今日は晴れているし、田妃の馬車には指南車もついていたのに。

「ひとまず、最低限の武官と御史府の兵士で、これから田妃様をお捜しする。陛下やほかの妃の皆様には先に帰っていただく」

「うん、わかった」

妥当な判断だと思う一方で、彼らだけで大丈夫だろうかと心配になる。

一人残っても邪魔になるだけなので馬車に乗り込んだものの、心配でならない。馬車に揺られながら、六花は田妃が無事に見つかることを祈った。

凜花と六花の元に田妃が無事に見つかったと知らせが来たのは、後宮に戻って一時間ほどした頃だった。凜花が彼女を出迎えに行ったので、六花も同行する。

「本当に、とんでもない目にあったわ」

口を尖らせて憤慨するのは、田妃その人だ。疲れているようだが、怪我はなさそうだ。

「何があったのですか？」

凜花が尋ねる。

「御者が道を間違えて全くとんちんかんな方向に行ってしまったのよ。信じられないわ！」

田妃は当時の状況を話す。

しばらくは気付かずに道なりに進んでいたものの、だんだんと険しくなる山道にさすがにおかしいと気付いて引き返してきたという。ちょうど戻っているさなか、田妃を捜しに行っていた星雲たちと鉢合わせし、無事に帰ってくることができたらしい。

「でも、どうして御者は道を間違えてしまったんでしょう？」

凜花は解せない様子だ。

「知らないわよ。せっかく神具までつけたのに間違えるだなんて、信じられないわ。あの御者は先ほどクビにしたわ」

ぷりぷりと怒りながら、田妃は言う。

（本当に、なんで道を間違えたのかしら？）

凜花同様に、六花も強い違和感を覚えた。

今日は晴れていたし、視界もよかった。何年も御者をやっている人が道を間違えるなんて、あるのだろうか。さらには、指南車まで付いていたのに。

そのとき、ふとある可能性に気付く。

（指南車……。もしかして）

指南車は差動歯車を利用して一方向を向かせる。そのため、歯車の調整次第で指し示す方角を変えることができるのだ。もし、指南車に設定された方角自体が、間違ったものだったとしたら？

先日田妃の馬車の前で見かけた藤村のことを思い出し、六花の頭を嫌な想像がよぎる。

（ううん、そんなはずない）

指南車を作ったのは塔で、これを調整できるのも彼しかいないはず。だから、香月宮にいた誰かが間違った方向に向けることなどできないはずだ。

六花は小さく首を振り、自分の中に浮かんだ嫌な想像を振り払った。

六・毒の水

それは、とても風の強い日だった。

ゴーッと風の音が不気味に響く中、耳をつんざくような悲鳴が上がる。

「きゃー！　誰か！　誰か！」

女官とおぼしき女性の叫び声は発生源の一の殿はおろか、周囲の殿舎まで聞こえるほどだった。只事《ただごと》ではない叫び声で、辺りは騒然となる。

「一体何事だ？」

騒ぎを聞き付けた星雲は、一の殿へと向かった。

「周様！　紅妃様が……！」

泣きそうな顔をした女官が床に座り込んでいる。そして、その傍らには舜帝の妃の一人──紅妃が倒れていた。

化粧をした上からでも明らかな顔色の悪さが窺え、口の端からは泡状になった唾液が溢れている。

「大変だ！　すぐに医官を」

「今、呼んでおります」

すぐに背後にいた部下の宦官が言う。

(一体誰が……)

これは難しい事件になるかもしれない。

到着した医官の指示で宦官たちに運ばれる紅妃を見つめながら、星雲は拳を握りしめた。

◇　◇　◇

「えー！　そんなことが？　紅妃様、大丈夫なの!?」

大きな声で言った凜花に、星雲は「声を小さく」と小声で告げる。はっとした凜花は口元に手を当て、「ごめんなさい」と言った。

事件は昨日の昼過ぎ、一の殿で起きた。

お茶を飲みたいと紅妃から言われた女官がいつものように茶を淹《い》れて出したところ、それを飲んだ紅妃が突然倒れたのだ。

その時の女官の叫び声は、六の殿にいた六花たちにも聞こえたほどだった。何があったのかとすぐに一の殿に向かったが、宦官たちに制止されて中には入ることができなかった。

凛花と共に星雲の執務室を訪ねていた六花は、彼に尋ねる。

急に人が倒れたと聞いてすぐに思い付くのは、心筋梗塞、脳卒中、それに貧血やてんかん発作だ。ただ、翌日になっても意識が戻らないとなると貧血やてんかん発作は候補から外れるだろう。

「それが、急病の可能性も含めて医官が診察したのだが……」

口ごもった星雲の言い方でピンときた。

「もしや、毒ですか？」

最近、紅妃は頻繁に皇帝の夜伽を務めていた。後宮は、皇帝からの寵を互いに競い合う場所だ。紅妃が他の妃の恨みをかっていた可能性は十分に考えられる。

六花の推測を肯定するように、星雲は頷く。

「一の殿の井戸に毒が混入されていた。ただ、昼餉の際にもそこの井戸の水を複数の女官が使ったそうなんだが、そのときは異常がなかったと」

「となると、毒が混入されたのは昼餉のあとってことね」

六花は昨日のことを思い返す。悲鳴を聞いたのは昼餉を食べてから程なくした頃だったので、時刻はかなり絞られる。

「その時間に一の殿の井戸に毒を入れることができた者を全員取り調べれば、犯人はすぐに見つかりますね」

「私も最初はそう思った。だが、実際はそう簡単ではない」

「簡単ではないと言うと？」

六花は星雲に尋ねる。

三の殿の火災事件以降、後宮内の各殿舎の入口には門番を務める宦官が必ず一名配置されるようになった。後宮の殿舎を出入りする人を調べることなど、簡単そうなものだ。

「一の殿の入口にいた宦官に聞き取りをしたのだが、関係者以外の出入りはなかったそうだ」

「じゃあ、関係者が犯人ってことね？」

毒が入れられた前後に人の出入りがなかったなら、そこにいた人の中に犯人がいる。至極簡単な理論だ。

「それが、一の殿の女官たちを全員順番に聴取したが、怪しい者がいない。証言に不審な点もなく、嘘をついている様子もない」

星雲の話を聞き、六花は腕を組む。

「井戸に毒が投入された。投入された時刻は昼餉のあとのわずかな時間だった。その間に一の殿を出入りした者は関係者以外いなかった……」

確認の意味を込めて、六花は今の時点でわかっていることを復唱する。

「やはり、内部関係者が犯人としか思えません」

もしこれで内部関係者でなかったとしたら、妖が毒を混入したとでも言うのだろうか。

「紅妃様に茶を用意した女官を、最も疑わしき者として捕らえて収監した。ただ、彼女は一貫して『やっていない』と言っている」

「まあ、処刑されたくなかったらそう言うでしょうね」

皇帝の妃に対する暗殺未遂はよくても一生収監、悪ければ処刑だ。死にたくないなら、そう言うしかないだろう。

「私は事件直後に一報を受けてその現場に行ったのだが、彼女はずいぶんと取り乱して『紅妃様！』と叫んでいたんだ。どうしても、彼女がやったようには思えない」

「うーん。じゃあ、毒を入れた水を誰かが女官に渡したのよ」

「女官自身が、自分で汲み上げたと証言している。紅妃に清めた水を飲ませたいと思い、塔氏に相談して清めの神具まで用意したと言っていた」

「清めの神具？」

六花は聞き返す。浄水器のことだろうか。

「井戸の縁《ふち》に、鳳凰の置物が置かれていた」

「置物……」

それなら、水を通すことはないから無関係だろう。幸せになる壺《つぼ》的なものだろうか。ただ、困ったことがひとつ。それでは八方ふさがりだ。犯人がいないということになってしまう。

部屋の中を重苦しい空気が包んだそのとき、トントントンと部屋の引き戸を叩く音がした。

「周殿。急ぎご相談が」

そこにいたのは、まだ年若い宦官だ。

「何用だ？　今は、例の件の対応で忙しい」

「それが……呪術師の塔氏が陛下に祈禱の申し出をしました。後宮に邪悪な空気が籠っているため早急にこれを祓《はら》わねば、取り返しのつかないことになると」

宦官は恐縮した様子で、星雲の顔色を窺うように告げる。

「塔氏が？」

星雲の表情が険しいものに変わる。

「誰か彼に、紅妃のことを教えたのか？」

「いえ。誰にも口外しないように緘口令《かんこうれい》を敷いております故、それはないかと」

顔を青くした若い宦官は首を振る。

――後宮に邪悪な空気が籠っているため早急にこれを祓わねば、取り返しのつかないことになる。

聞きようによっては、まさに昨日の事件を暗示しているように思えた。

「すぐに太光宮に行くと伝えろ」

「はい」

宦官は恐縮した様子で頭を下げ、小走りに立ち去る。

「凜花様、申し訳ありませんが外します」

「ええ、わかったわ。わたくしたちも一旦六の殿に戻ります」

凜花が頷く。星雲が立ち去ろうとしたので、六花は「待って！」と声を上げた。

「私も行く」

「六花も？」

「ええ。もし本当に誰も紅妃様のことを彼に伝えていないなら、どうして後宮で何か事件があったってわかるのか。おかしいと思わない？」

「今回の件に、塔氏が関わっていると？」

「確信はないけど、可能性はあると思って」

六花はまっすぐに星雲を見上げる。星雲は迷うような表情を一瞬見せたが、すぐに決心した様子で六花を見る。

「わかった。行こう」

「うん！」

六花は大急ぎで六の殿に頭からかぶる薄絹を取りに戻ると、星雲と共に太光宮に向かったのだった。


太光宮に到着すると、そこには舜王と青藍、それに、呪術師の塔がいた。周囲には官吏たちが立ち、緊張の面持ちを浮かべている。

「ようやく来たか、星雲。呪術師が、後宮に邪悪な空気が籠っているため早急にこれを祓わねば取り返しのつかないことになると申しておる。どうする？」

舜帝は到着したばかりの星雲に問いかける。舜帝は元々、呪術を信じていない。そのため、後宮管理人である星雲に、判断を委ねているのだ。

「その前にひとつ質問させていただきたい。塔殿。なぜ後宮に邪悪な空気が籠っていると思ったのだ？」

星雲はすぐに舜帝の問いかけに答えない代わりに、塔に問いかけた。

「こちらをご覧ください」

塔は懐から、折れた棒を取り出す。呪術師が占いを行う際に使う、占棒だ。

「昨日私がこれを折ると、荒々しい断面が現れました。そして、突風が後宮の上空で吹き荒れるのを見たのです。紛れもなく、邪悪なものが近づいているしるしにございます。居ても立ってもいられず、本日祈禱の申し出をした次第です」

(荒々しい断面が現れた？　突風が上空を吹き荒れるのを見た？)

六花は塔を見つめる。相変わらず顔を隠しているため表情を読むことはできないが、彼は本気でそんなことを言っているのだろうか。

棒の断面では物事の吉凶は占えないし、昨日は風が強かったので後宮以外にも突風が吹き荒れていた。

「なるほど、よくわかった。では、祈禱を頼む」

(え？)

六花は驚いて星雲の後ろ姿を見る。祈禱などなんの意味もない。星雲はそうわかっているはずなのに。

けれど、ここで断って紅妃に万が一のことがあれば、星雲は厳しく責任を問われることになる。だから、許可するしかないのだとすぐに気付いた。

「謹んでお受けいたします」

塔は恭しくお辞儀をすると、片手を上げて部屋の隅にいた弟子の呪術師らしき男に合図をする。すると、男は恭しく何かを塔に手渡した。

よく見ると、それは透明の液体——おそらく水が張られた器と、葉の付いた小枝のようだ。小枝は神棚に飾る榊《さかき》のように見える。

塔は舜帝に一礼すると、念仏のような言葉を唱え始め、榊を振る。その様は、たしかに呪術的な何かを感じる。

最後に塔は水に榊を浮かべ、もう一度舜帝に向かって一礼する。そして、器に張られた水を小さな瓶に汲んだ。

「つつがなく、祈禱が終わりました。こちらの水は祈禱に使った神水でございますので、一番穢れたものに与えるとたちまちその穢れは取り除かれるでしょう」

塔が両手で大切そうにその瓶を星雲に差し出した。星雲は無言でそれを受け取り、まじまじと眺める。

白い陶器製の瓶に入っているため中身はよく見えないが、顔を近づけても匂いはしなかった。

「確かに受け取った」

星雲の言葉に、塔は無言で頭を下げた。

後宮に戻った星雲は先ほど受け取ったばかりの小瓶を眺める。白い陶器製の瓶は、水を入れるのに使われる一般的なものだ。

「どうするかな……」

塔は明言こそしなかったが、暗にこの水を紅妃に飲ませろと言っているように聞こえた。だが、得体の知れない液体を飲ませて万が一のことでもあったら、それこそ一大事だ。

「うーん。これ、ただの水ですね」

顎に手を当てて透明の水を睨み付けるのは、六花だ。

六花はあのあと急に銀製の器と赤紫蘇《あかしそ》の葉が欲しいと言い出した。

銀製の器は毒の混入の判別によく使われるのでわかるとして、紫蘇の葉は意味がわからない。食べるのかと思えばなぜか高価な紙に赤紫蘇から染み出す水分を染み込ませ、薄紫色の紙を作り始めた。さらに、その紙に一滴水を垂らすという不可解な行動をしている。

「その色紙《いろがみ》はなんだ？」

「これですか？　これはリトマス試験紙といって、液体の酸性度などを知るのに使うものです。赤紫蘇の葉にはアントシアニンという物質が含まれていて、その物質は液体の酸性、アルカリ性に反応して色を変える性質があるの。塔氏が手渡してきた液体はほら、何も色に変化がないから中性ってこと」

六花の言うことは時々意味がわからないが、とにかく怪しい液体ではなさそうだと言っていることは理解した。

「ただの水を飲ませれば、紅妃様は快方に向かうと？」

「うーん。そういうことみたいね」

六花は解せないと言いたげに、眉根を寄せる。

凜花と六花は基本的に同じ顔をしていて生き写しかのように似ているのだが、こういう表情の作り方の癖は少し違う。

「……飲んでいただくか」

飲ませずに万が一があれば星雲の責任になるが、飲ませて何かがあれば罪に問われるのは塔だ。そんなリスクがある中、危険物を飲ませるとは思えない。

星雲はそう決意すると、ぎゅっと小瓶を握り締めた。


数日後、後宮内は塔の話題で持ちきりだった。

「塔様は本当にすごいわ。紅妃様を呪術で快方に向かわせたとか」

「先日の香月宮の件といい、稀代《きたい》の呪術師ね」

女官仲間が噂話をするのを小耳に挟みながら、六花は空になった凜花の朝餉の器を運ぶ。

結局星雲は水を飲ませ、紅妃は回復した。そして、塔はますますの名声を手にした。

「でも、なんかおかしいのよね」

「え？　何か言った？」

「あ。ううん、なんでもない」

考え事が口から出ていたようだ。女官仲間に怪訝な顔をされ、六花は慌ててその場を取り繕う。

塔の呪術には、おかしな点が多い。これは、指南車の件からずっと思っていたことだ。

そして今回。なんらかの方法で井戸に毒が投入され、その毒に苦しんでいた紅妃はただの水を飲んだらなぜか回復した。そこから導き出されることは――。

（塔氏は毒の種類を最初から知っていて、そろそろ自然に回復する時期だってわかっていたんじゃないかしら？）

そうだとしか思えず、であれば毒を投下したのは塔ということになる。

（でも、どうやって？）

後宮内には、宦官と女官、それに医官しか立ち入ることはできない。呪術師が入って来られるのは、何らかの正当な理由があり、司礼局が許可を出したときだけだ。

そのとき、ハッとした。

『清めた水を飲ませたいと思い、塔様に相談した』

女官は確か、そう言ったと星雲が言っていた。

（鳳凰の飾り物に何かがある？）

そうだとしか思えない。

いてもたってもいられなくなった六花は、その足で星雲の元へ向かう。トントントントンと引き戸をノックすると「何事だ」と中から声が聞こえた。

「星雲様。もしかしたら、謎が解けるかもしれません。一の殿の井戸を見たいです」

「井戸？」

星雲は怪訝な顔をする。

「少し落ち着け。何があったか順番に話してくれ」

「だから、何かを仕込むとしたら鳳凰の置物しかないんです！」

六花は自分の考えを、順を追って星雲に話す。

「紅妃様は何者かに毒を盛られ、命の危険にさらされた。その毒は一の殿の井戸に入れられており、投入した推定時刻はごく短時間に限られている。そして、その間に一の殿に出入りした不審者はいない。ここまでは合っていますね？」

「ああ、合っている」

星雲は頷く。

「では、犯人はどうやって毒を井戸に入れたのか。考えられる方法はふたつです。ひとつは一の殿の関係者が投入した。もうひとつは、人が関わらないなんらかの方法で投入した」

「人が関わらない方法？」

「はい。そこで私が怪しいと睨んだのが、一の殿にあるという怪しげな神具です」

そこまで言った六花は、一旦言葉を切り、星雲を見つめる。

「星雲様は、塔氏の行動に違和感を抱きませんか？　知るはずのない後宮の異変を察知し、ただの水で紅妃様の毒を中和した。もしこれが、毒を混入させたのが塔氏自身で、最初からそろそろ紅妃様が回復する頃だとわかっていたのであれば話は変わります」

「つまり、今回の件に塔氏が関わっていると」

「はい」

六花は頷く。すると、星雲は考え込むように黙り込んだ。

「六花の推測が真実だとすると、あの鳳凰の置物に元々毒が仕込まれていて、なんらかの方法であの日の昼頃に井戸の中に投下されたということだな？」

「はい。そうだと思います。それが真実であると証明するために、今から一の殿に確認しに行きたいです」

真剣な眼差しで星雲を見つめると、彼はしばらく逡巡したのちに「わかった」と言った。

「では、今から行こうか」

早速、六花は星雲と共に一の殿に向かった。

改めてじっくりと、井戸の縁に設置された鳳凰の飾りを観察する。縁と言っても少し内側、つまり、井戸の中側に設置されている。球体の上に鳳凰が載った、精巧な作りだ。

「何かわかるか？」

星雲が六花に尋ねる。

「ここ、下に穴が開いていますね」

六花は鳳凰が載った球体の下側を指さす。球体の下側には五ミリほどの穴が開いていた。そして、周囲に広がる羽で風を受け、その球体部分ごと鳳凰が回転するような構造になっている。

（なんでこんな構造にしたのかしら？）

風見鶏《かざみどり》に似ているが、少し違う。それに、金属でできたそれはかなり強い風でなければ回らないはずだ。

（あの日は風が強かった。だからこれも回っていたはず）

六花は頭を整理してゆく。

この球体が回転すると、何が起こるのか。どうして鳳凰本体だけを回転させずに、下の球体ごと回転させる不思議な構造にしたのか。

（もしかして……）

六花は思いっきりその鳳凰を揺さぶる。すると、中でカランカランと何かが転がるような音がした。

「わかった！」

その瞬間、全ての謎が解けた。

◇◇◇

その日、太光宮には多くの人々が集まっていた。

これまで呪術で数々の奇跡を起こしてきた塔に、皇帝から直々に褒賞を与える予定になっているのだ。

玉座には舜帝が座り、その傍らには青藍が立っている。数段下がった広間の中央には、頭から薄絹をすっぽりかぶった男――塔が立っている。そして、今日まで塔を支援してきた貴族たちは、誇らしげな表情でそれを見守っていた。

「塔よ。そなたは今日《こんにち》にいたるまで呪術で数々の奇跡を起こしてきた。その功績はまことに素晴らしいもので、褒賞を与えるにふさわしいものだ。ついてはそなたに、特級呪術師の称号を与えると共に、金貨十枚を与える」

「ありがたき幸せにございます」

舜帝の言葉に対し、塔が感謝の言葉を返す。

「この決定に異議がある者は申し出よ」

舜帝はそう言うと、周囲を見回した。

「異議あり！」

はるか後方から声が上がる。そこにいた人物を認め、舜帝は僅かに口角を上げた。

「呪術師の桜か。発言を許そう」

舜帝が告げる。

「はい」

六花はそれに応えるように前に出る。薄絹をかぶった女呪術師の登場に、その場はさざめいた。

「この塔という呪術師は大嘘つきでございます。呪術ではないものを呪術だと偽り、自ら仕掛けをしたものに対し凶兆が見えると嘯《うそぶ》き、さらには紅妃様に毒を飲ませて、命の危機にさらしました」

「異議あり！」

すぐに別の声が上がる。

「その桜という呪術師は、自分の能力が塔より劣っていることに嫉妬して、嘘を並べております。とんでもないでたらめです」

そう叫んだのは、塔のことを古くから支持していた貴族の一人だ。

「嘘ではございません。それではこれから私が、どうやって彼があなた方を騙したのか、その秘密をご覧に入れましょう」

六花が合図をするのと共に宦官が運び込んできたのは、神具とされている指南車だ。

「まずこの指南車でございますが、これは歯車の機構を利用した精巧な機械でございます。これに関して呪術は使われておりません」

六花は普段は覆われている鳳凰の下の部分の板を取り外そうと手を掛ける。すると、どこからか「それを勝手に外すと天帝の怒りに触れ、神具の効果がなくなってしまう！」と叫び声が聞こえた。

（なるほど。そうやって、触らせないようにしていたのね）

天帝の怒りに触れるとは、随分な脅し文句だ。きっと、呪術を信じる人々は恐ろしくて触ることすらできなかっただろう。

六花はその制止を完全に無視して、板を取り除く。すると、中の歯車がむき出しになった。

その場にいた人々は、歯車機構を見て顔を見合わせる。

「この指南車は歯車の調整をすることで、鳳凰をどの向きにでも向け続けることが可能です。つまり、機構さえわかっていれば、意図的に目的地ではない方向を指し示すようにもできるのです。塔殿はこの仕組みを使って、香月宮からの帰り道に妃の一人――田妃様をはぐれさせて、危険に晒《さら》しました。あたかも自分の占術が当たったかのように、見せるためです」

六花はもう一度手を挙げる。すると、次に宦官たちによって運ばれてきたのは井戸の上についている風見鶏のような飾りだった。

「こちらは後宮のいくつかの殿舎に設置されている、井戸の飾りです。これを井戸の上に置くだけで、中の水が神聖なものになるという摩訶不思議な神具でございます」

六花はその鳳凰を指さして、一部が回転する構造であることを見せながら説明する。

「ところがです。実のところは中の水が清められるどころか、毒の水になってしまう恐ろしい道具でございます。こちらをご覧ください」

六花は鳳凰の下の球体部分を片手に持ち、力を込めてふたつに分解する。すると、球体の中は空洞になっていて、小さな金属製の玉がまたその中に入っていた。そして、球体の内部の壁面の一部は溝になっている。

「先ほどご覧いただいておわかりの通り、この飾りの下の部分は風を受けると回る構造になっています。ところで、物に回転が加わると外側に向かって力が働きます。例えば、重りを付けた紐を振り回すと重りが上にあるときも紐がピンと張るのはそれが理由です。そして、この力は回転速度が高速であればあるほど強く働く性質があります。紅妃様が倒れられたあの日は、とても風が強い日でございました。この球体部分はさぞかし高速回転していたことでしょう」

六花は説明しながら周囲を見回す。遠心力を利用したごく簡単な原理だが、ここの人々にとっては初めて聞く話のようで、皆一様に六花の話に聞き入っていた。

「ではそのとき、球体の内部では何が起きていたか。風による振動と高速回転による外周方向への力が働くことで、中の玉は外側に押され、この溝に嵌《はま》ります」

六花は球体の内部に彫られた溝に、小さな玉を嵌めて見せる。玉は、まるで計ったかのように溝に落ち着いた。

「すると、今まで玉で塞がれていた下側部分は空洞になります。その空洞の中に元々仕込んであった毒が流れ込む。普段であれば玉によって栓をされた状態なので毒は漏れ出しませんが、玉が溝に嵌ってしまったので、この日は毒が下へとこぼれていったのです」

説明を終えた六花は、塔をまっすぐに見据える。

「そうですよね、塔殿。いいえ、藤村君と言ったほうがいいかしら？」

六花の台詞を聞き、塔もとい藤村は大きな声で笑いだす。あまりに大きな声で、錯乱してしまったのではないかと、心配になるほどだ。

「あはは。さすがは真田さん。よくわかったね。きみ、真田さんでしょ？」

藤村は薄絹を取り去り、六花を見つめる。「誰だあれは？」「塔ではないぞ」という声が聞こえてきた。

「怪しいと思ったのは、香月宮で藤村君が馬車についた指南車をいじっているのを見てからだよ」

「ああ、あったね。そんなこと」

藤村は、さもおかしいと言いたげに笑う。

「それに思い返せば、初めて書物殿で会った日、あなたはわたしの顔を見て『真田』って言いかけていた」

六花は藤村をまっすぐ見る。

「なんでこんなことしたの？」

「なんで？　なんでだって？　そんなの決まっているじゃないか。この世界ではみんなが僕のことをすごいと褒めたたえる。この世界では僕の価値が認められる。素晴らしいことだろう？」

「すごいって褒められたくて、そんなちっぽけな理由で、あんな事をしたの？」

六花は信じられない気持ちで藤村を見つめた。藤村のしでかしたことで、田妃は遭難しかけ、紅妃は死にかけたのだ。

「ちっぽけなこと？　きみに何がわかるって言うんだ！　あいつら、いつもいつも僕のことをバカにして！　自分たちのほうがよっぽどバカなくせに！」

先ほどの大笑いから一転して、藤村は逆上したように叫んだ。肩で息をする藤村のあまりの剣幕に、六花はびくりとする。

「こんなことにならないように、僕は真田さんに近づかないようにしていたのに、本当にきみってバカだね。無邪気に近づいてきて、口を開けば帰る方法ばっかり聞いてきてさ。それに、香月宮でも呑気《のんき》におびき出されて、あの宦官がいなかったらきみは今頃この世にいなかったよ」

「え？」

すぐに、月光池の一件のことだとわかった。

(もしかして、私をおびき出して殺そうとしていた？)

信じられなくて、六花は藤村を見つめる。

「嘘でしょう？」

そのとき、静かにふたりのやりとりを眺めていた舜帝が片手を上げた。

「その者を捕らえよ」

次の瞬間、部屋のいたるところに散らばっていた武官たちが、藤村を捕らえようと彼に近づく。すると藤村は懐から何かを取り出して「動くな」と叫んだ。

「今動いたら、あんたたちの大事な大事な皇帝陛下が死ぬよ」

不敵に笑う藤村の言葉が嘘か本当かはわからない。けれど、万が一の可能性を考えてその場にいる人々が全員凍り付いた。

なぜなら、藤村は稀代の呪術師として摩訶不思議なことをたくさん起こしてきた人物なのだから。

藤村はゆっくりと後ずさり、太光宮の出口へと近づく。そして、去り際に手に持っている物を、中に向かって投げつけた。周囲にもくもくと白い煙が立ち込める。

(何これ。発煙筒?)

六花は咄嗟に、袖口で自分の口を覆う。

「火事だ。逃げろ」

「陛下をお守りしろ!」

そこかしこから怒号が聞こえてくる。

「六花!」

出口がどちらかもわからない中、聞き覚えのある声が六花を呼び、力強く手を引かれた。

エピローグ

六花は淹れたての青茶を飲み、ふうっと息を吐く。

「まだ手掛かりは摑めませんか？」

「全力で捜してはいるようだが……。塔が普段から顔を隠していたのが災いしている。しっかりと顔を見たことがある人間が、ほとんどいない」

星雲は肩を竦める。

塔もとい藤村と対峙《たいじ》したあの日から、一ヵ月が過ぎた。あの日、追い詰められた塔は皇城に自作した発煙筒を複数放つという暴挙に出て、その混乱に乗じて姿を眩《くら》ませた。

刑吏はもちろんのこと、皇帝の秘密警察組織も彼を追っているがその消息は摑めないままのようだ。

「どこに行ったんだろう。もしかして、元の世界に――」

「それはないだろうな。六花と話していたとき、塔は『ここでは価値が認められる』と言っていた。少なからず元の世界での自分の評価に不満を持っていて、この世界のほうが気に入っていたのだろう」

「そっか。それもそうだね」

六花は頷く。六花は藤村に、元の世界に帰る方法を見つけたかと何回か聞いたことがある。そのたびに彼は「さあ？」と軽く話を流していたように思う。六花と違って、端《はな》から元の世界に帰るつもりなどなかったのだろう。

「元の世界の仲間がいて、私は嬉しかったんだけどな。一緒に帰る方法見つけようって」

六花はぽつりと呟く。

六花は今も、機会があれば書物殿に行き、落ち人に関する記述を探す生活を続けている。しかし、残念ながらそれらしき記述は見つからない。

「あら。わたくしは六花にずっとこの世界にいてほしいわ。六花が来てくれてから、毎日が楽しいもの」

「凜花様……」

「それに、退屈なお茶会も代わってくれるし！」

凜花はずいっと身を乗り出す。

六花は苦笑する。でも、一緒に過ごして楽しいと言ってくれたその気持ちに嘘はないだろう。そう言ってもらえたことを、素直に嬉しく感じた。

「でも、いつまでもこの生活を続けられないでしょう？　凜花様もいずれはどこかに嫁がれるでしょうし」

凜花は一度結婚して、その後離婚している。

哀れな妹を気の毒に思った舜帝の取り計らいで離婚後は後宮に戻ってきているが、遠くない未来にまたどこかに嫁ぐことになるだろう。そのとき、瓜二つの六花が近くにいると相手を混乱させてしまう。

「あら。大丈夫よ」

凜花は自信満々に言い切る。

「わたくし、六花の正体を知っている人に嫁ぐ予定だから」

「え？　それって――」

六花の秘密を知る人間など、片手で数えられるほどしかいない。舜帝は実の兄だから、違うだろう。藤村も絶対に違う。となると――。

「言っておくが、私ではないぞ」

恐る恐る視線を向けると、星雲にきっぱりと否定された。

（違うんだ！）

聞いた瞬間、なぜかホッとした。

六花もこの世界に来て初めて知ったのだが、宦官と女官の結婚は割とよく見られる組み合わせなのだ。であれば、もしかすると公主と宦官という組み合わせもあり得なくはないのかと思ってどきどきしてしまった。

しかし、そこで疑問がわく。

「じゃあ、誰と――」

「兄上だ」

「青藍様ですか!?」

六花はびっくりして声を上げる。

しかし、たしかに青藍は六花が落ち人であることも、凜花の影として活動していることも、なおかつ呪術師として活動していることも全て知っている。

「六花に姿を変えて行動するようになってから、お話しする機会が格段に増えたの。それで意気投合して――」

凜花は恥ずかしそうに口元を袖で隠す。

「そうだったのですね」

一番側で仕えていたのはおろか、凜花に成りすまして多くの日々を過ごしてきたのにもかかわらず、全く気付いていなかった。

「この際、六花も星雲と結婚したらいいんじゃないかしら?」

「へ?」

「だって、星雲も六花の秘密を知っているし、適任でしょう? お互いの旦那様も同じ顔だから、誰かに見られて不貞だと疑われることもないわ」

にこにこしながら、さも名案だと言いたげにとんでもない爆弾提案をしてきた。

びっくりした六花が恐る恐る星雲のほうを見ると、バチっと目が合う。

「試してみるか?」

片眉を上げてにっと笑うこの笑い方は、絶対にからかっている。

「た、試すわけがないでしょう!」

結婚は好きな人と一回すれば十分だ。六花は慌ててぶんぶんと首を横に振る。

「そうか、残念だ。俺は六花のことを割と気に入っているのだがな」

「え!?」

どきっと胸が跳ねる。

(それってどういう——)

考え始めたら、急激に顔が熱を持ち、赤くなるのを感じた。

星雲はそんな六花を見て、くくくっと肩を揺らす。

「真っ赤だな」

「星雲様のせいでしょ！」

「そうだな」

星雲は楽しげに笑う。

（もう！　からかってばっかり！）

六花は頬を膨らませる。けれど、不思議と嫌な気持ちはしない。「絶対にお似合いだと思うのに」という凜花の呟きは、敢えてスルーした。

風が吹き、花の香りがほのかに漂う。

この世界に来て二度目の春が訪れようとしていた。

本書のプロフィール

本書は書き下ろしです。

小学館文庫

後宮《こうきゅう》の影公主《かげこうしゅ》
〜呪術師《じゅじゅつし》は謎《なぞ》を読《よ》む〜

著者　三沢《みさわ》ケイ

二〇二四年六月十一日　　　初版第一刷発行

発行人　庄野　樹
発行所　株式会社　小学館
〒一〇一-八〇〇一
東京都千代田区一ツ橋二-三-一
電話　編集〇三-三二三〇-五六一六
　　　販売〇三-五二八一-三五五五
印刷所――――大日本印刷株式会社

造本には十分注意しておりますが、印刷、製本など製造上の不備がございましたら「制作局コールセンター」（フリーダイヤル〇一二〇-三三六-三四〇）にご連絡ください。（電話受付は、土・日・祝休日を除く九時三〇分〜一七時三〇分）
本書の無断での複写（コピー）、上演、放送等の二次利用、翻案等は、著作権法上の例外を除き禁じられています。本書の電子データ化などの無断複製は著作権法上の例外を除き禁じられています。代行業者等の第三者による本書の電子的複製も認められておりません。

この文庫の詳しい内容はインターネットで24時間ご覧になれます。
小学館公式ホームページ　https://www.shogakukan.co.jp

©Kei Misawa 2024　Printed in Japan

ISBN978-4-09-407364-5

小学館文庫キャラブン! 第2回アニバーサリー賞

原稿募集中!

大人気イラストレーター・六七質さんに
描き下ろしていただいたイメージイラストに、
小説をつけてみませんか?
小学館文庫キャラブン!では新しい書き手を大募集いたします!

【アニバーサリー賞】デビュー確約。小学館文庫キャラブン!にて書籍化します。
※受賞者決定後、二次選考、最終選考に残った方の中から個別にお声がけをさせていただく可能性があります。
その際、担当編集者がつく場合があります。

募集要項

※詳細は小学館文庫キャラブン!公式サイトを必ずご確認ください。

内容
・キャラブン!公式サイトに掲載している、六七質さんのイメージイラストをテーマにした短編小説であること。イラストは公式サイトのトップページ(https://charabun.shogakukan.co.jp)からご確認いただけます。
・応募作を第一話(第一章)とした連作集として刊行できることを前提とした小説であること。
・ファンタジー、ミステリー、恋愛、SFなどジャンルは不問。
・商業的に未発表作品であること。
※同人誌や営利目的でない個人のWeb上での作品掲載は可。その場合は同人誌名またはサイト名明記のこと。

審査員
小学館文庫キャラブン!編集部

原稿枚数
規定書式【1枚に38字×32行】で、20〜40枚。
※手書き原稿での応募は不可。

応募資格
プロ・アマ・年齢不問。

応募方法
Web投稿
データ形式:Webで応募できるデータ形式は、ワード(doc、docx)、テキスト(txt)のみです。
※投稿の際には「作品概要」と「応募作品」を合わせたデータが必要となります。詳細は公式サイトの募集要項をご確認ください。

出版権他
受賞作品の出版権及び映像化、コミック化、ゲーム化などの二次使用権はすべて小学館に帰属します。別途、規定の印税をお支払いいたします。

締切
2024年8月31日 23:59

発表
選考の結果は、キャラブン!公式サイト内にて発表します。
一次選考発表…2024年 9 月30日(月)
二次選考発表…2024年10月21日(月)
最終選考発表…2024年11月18日(月)

◆くわしい募集要項は小学館文庫キャラブン!公式サイトにて◆
https://charabun.shogakukan.co.jp/grandprix/index.html